NOUVELLE COLLECTION NATIONALE

Autant de lecture que dans un volume à 9 francs pour

95 cent.

l'ouvrage complet illustré

Claude LEMAITRE

CADET OUI-OUI

F. ROUFF, éditeur, 8, Boulevard de Vaugirard - PARIS.

CADET OUI-OUI

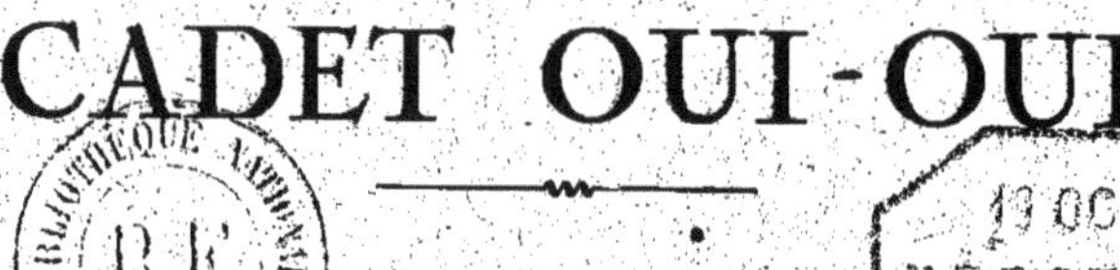

I

Confier à la mer ce qu'on a de meilleur !... Ah ! ma bonne chère amie !...

Marie Salette plaignait Rose Malot. Veuves de marins naufragés, elles avaient l'une et l'autre un fils unique, elles se comprenaient.

— Puisque ton garçon il a de l'instruction, poursuivit Marie, il doit en profiter... Pourquoi ne travaille-t-il pas dans les bureaux de la douane comme mon Baptiste ? Il gagnerait ses cent francs par mois bien tranquille, assis sur son derrière, à l'abri des gros temps. Et puis, toi comme moi, on n'est pas de ces derniers dans la marine, on peut supporter le péril d'un moindre gain !... Encore un peu de café, Rose ?

Marie se leva et emplit la tasse de Rose. A cette maigre aux gestes décidés, Rose, plus grasse et plus molle ne savait rien refuser.

Cependant Rose était encore capable !... Elle gérait son adresse et tirait parti de tout. Elle saurissait des harengs qu'elle offrait à la halle, louait, l'été, une partie de sa maison aux étrangers, achetait du liège aux bateaux portugais, le cédait ensuite aux patrons de pêche, accaparait des citrons qu'elle vendait aux épiciers; elle réalisait de beaux bénéfices Et puis, un jour, ne recevrait-elle pas une bonne claque, l'héritage de son père Nicolas Têtard, qui avait des sous-disait-on ?...

Les Malot-Têtard étaient grandement estimés, car les idées de vertu et de richesse se confondent facilement dans l'esprit des gens qui comptent les profits des métiers de mer et de la côte.

Que d'activité, de courage, d'endurance ne faut-il pas pour économiser !...

Rose hochait la tête; elle dit avec modestie :

— Le fond de sa bourse chacun le connaît, il faut vivre et laisser vivre, l'argent est dur à gagner, et trop souvent ce qu'on prend d'une main on le laisse glisser de l'autre Quant à mon fieu, ce n'est pas une demoiselle comme ton Baptiste. Tu as le hasard pour toi, Marie. Le mien, il a été à l'école, il est vrai; mais son goût ne s'est pas porté sur les écritures. C'est un intrépide, la mer le guettait, il a trop de hardiesse. Il parle à tout instant de débarquer, et quand même, il s'engage. Quand ce n'est pas le hareng, c'est le maquereau ou la morue. Il y retourne toujours. Non, vois-tu, il lui faudrait quelque chose ou quelqu'un qui le retienne à terre...

— Ah ! soupira Marie Salette, pauvre Rose, tu n'as pas su manœuvrer, mais tu n'avais pas été éprouvée comme moi. Je nourrissais encore Baptiste, quand on m'a apporté le cadavre de mon homme sur le cadre de la douane, mon lait s'est tourné en tisane amère pour mon enfant, j'ai gardé le courage de vivre pour lui. Le jour où j'ai été porter au cimetière la première couronne sur le monument de mon défunt, Baptiste dormait dans mes bras et, du haut de la falaise, j'ai dit à la mer : « Tu ne l'auras pas. » La parole de Marie Salette vaut celle d'un homme, Rose !...

Rose hochait la tête; en vérité, elle entendait à peine les propos de Marie. Elle suivait sa pensée, entièrement préoccupée de son Jean-Pierre !...

— Entreprendre la marée, dit-elle, ça lui irait peut-être, mais il est encore si jeune, mon fieu. Vois un peu, Marie, quel risquage !... Cependant il aurait le bonheur de se décider aujourd'hui et il renoncerait à la mer, il ne partirait pas au service de la flotte l'année prochaine. Ton Baptiste il est réformé et exempt de tout, t'en as de la chance, Marie !... Après ça, le mien, il ferait son temps à Saint-Omer, en vrai terrien... une supposition. Je le verrais souvent et je pourrais lui envoyer du poisson, des douceurs, et puis ça ne serait que deux ans juste... Tandis qu'à la flotte on sait bien quand ils partent, et jamais quand ils reviennent. Ah ! si seulement, dans tout ça, je n'avais pas grand-père Nicolas contre moi ! Le croirais-tu, Marie, il entretient son petit-fils dans les idées du vieux temps, des idées de patois et de marine. Que je suis à plaindre ! Si seulement je trouvais quelqu'un pour m'aider ! Je ne suis pas hardie comme toi. Je ne sais pas toujours disputer et me défendre !

Marie se recueillait. Paisible, grave, les yeux baissés, elle attendait. Cette confidence qu'elle espérait, ne viendrait-elle pas ? Rose avait assez de malice pour se méfier si elle la questionnait directement.

— Encore ne petite tasse de café avec un peu de rhum dedans, Rose, fit-elle, c'est ça qui remet le cœur en place. Après tout, on a seulement le bon qu'on s'accorde.

Un sourire épanouit la face ronde de Rose.

— On travaille, il faut se soutenir, assura-t-elle, je ne suis pas de celles qui se privent; mieux vaut belle panse que belle manche !... Chez nous,

F. Rouff, édit. — Paris 1927.

on mange la côte de bœuf et la tarte tous les dimanches.

Marie pinçait les lèvres. Contre-dame dans un atelier de filets, elle gagnait vingt francs par semaine. Les moyens d'avoir une bouche si ambitieuse lui manquaient : aussi méprisait-elle la gourmandise. Cette sobriété lui conservait la taille fine et l'intelligence agile. Toute bonne habitude voulue ou obligatoire conduit au bien et à la sagesse.

Marie n'était pas sans doute en humeur de blâmer Rose, car elle s'écria :

— T'as raison, Rose, de ne pas te tourmenter comme moi, te voilà à quarante-cinq ans aussi fraîche qu'une jeune fille. Ton fieu il te ressemble, quel beau garçon ça fait !... Il sera le caprice de plus d'une.

Rose, très flattée, se rengorgeait.

— C'est tout le portrait du défunt mon pauvre Pierre, murmura-t-elle attendrie. Des moments, je crois le voir. Jean-Pierre plaira, c'est sûr. J'ai été perdue-folle de mon homme cependant, tu le sais, Marie, je ne suis pas une exaltée. Eh bien ! si mon père me l'avait refusé, je serais entrée au couvent. Il n'en voulait pas d'abord. Les Malot, c'était du Calvaire, là-haut; tous, compagnons, et pas un n'a redressé la tête de la famille en devenant patron ou pilote !... Que veux-tu, je l'aimais, je ne regrette rien !... Je ne pardonne pas à la mer de me l'avoir pris. Depuis dix ans bientôt, quel veuvage !... Aucun autre n'aurait su me consoler. A cette heure, quand mon fieu sera marié et placé, je peux le rejoindre en paradis !...

— Tu vivras cent ans, Rose !...

L'émotion attaquait Rose. Elle se voyait déjà couchée dans son cercueil de chêne et, bien qu'elle parût souhaiter le repos final, la pensée de sa mort l'attristait tant que, pour secouer de si funèbres préoccupations, elle but à petites gorgées tout le contenu de sa tasse.

— Tu parles de placer ton garçon, remarqua Marie, il se mariera tout seul, il est assez volontaire pour suivre le penchant qui l'entraînera tôt ou tard.

— Oui, c'est ça, répliqua Rose en s'animant, un fieu qui a tout pour convenir, et la première venue me le prendrait ! Une fille qui n'aurait peut-être pas le pouvoir de le guider, de m'aider et de l'arracher au métier qu'il veut et qui le perdra ?... Non, Marie, t'as un fils et tu sais ce que je veux dire. Quand on a nourri, élevé un enfant, on a fait la moitié de son devoir, il faut encore le préserver des folies de jeunesse et lui trouver la femme convenable.

— Ton père a bien été obligé de te donner ton Malot, insinua Marie.

— Mais, ma bonne chère amie, ça n'est pas la même chose, s'écria Rose avec emportement.

L'intérêt de la conversation et le café au rhum l'entraînaient.

— Ça n'est pas la même chose, répéta-t-elle avec feu. Mon père et ma mère ont oublié de me conduire dans la bonne route. Ils n'ont pas choisi pour moi. J'avais vingt ans et ils me parlaient comme on parle à une gamine. Avec Jean-Pierre, j'aurai plus d'adresse. Avant qu'il n'ait l'amour en tête, je le dirigerai vers une fille qui a tout pour elle. Une fille dont tous les garçons veulent trop pour qu'il n'en veuille pas. Une fille sérieuse, capable, et belle femme avec ça. Elle connaît le poisson et la marée, celle-là !... Elle a cinq ans d'âge en avance sur Jean-Pierre, mais ça ne m'inquiète pas. Le garçon est plus heureux quand la fille est rassie. Tiens, Marie, nous sommes camarades de communion, je ne ferai pas de cachotteries avec toi, tu seras la première à le savoir. J'espère bientôt demander pour mon Jean-Pierre l'entrée de la maison des Papin-Sauvage.

Marie serra la bouteille de rhum, rangea la cafetière. C'était donc vrai, ce qu'elle avait supposé. Catherine Papin, qu'elle convoitait pour son Baptiste, deviendrait la femme de Jean-Pierre Malot ? Mais un mariage à faire n'est pas un mariage fait. Non, Rose ne tenait pas encore la belle fille...

***

— Si je n'étais pas là pour te défendre, fit, le soir, Marie Salette à son fils, on ne te laisserait que les yeux pour pleurer. Ce matin, j'ai confessé Rose, bientôt son fils sera d'accord avec Catherine Papin. Presse-toi, mon fieu, ou bien cette bonne occasion t'échappera. Catherine te convient, ne dis pas non, je le sais. Il faut aller au bal, la guetter quand elle revient de la halle, être jovial, te rendre agréable.

Baptiste leva sur sa mère des yeux épouvantés. Quelle chimère trottait par la tête de sa mère ? Elle lui parlait de cette Catherine pour la première fois. C'était une prise d'assaut.

Toujours, avec Baptiste, Marie procédait d'autorité. Elle lui imposait ainsi des goûts, des préférences, des désirs qu'il n'avait pas. Souvent, Baptiste ne se défendait guère, car, s'il ne partageait pas les idées de sa mère, il n'avait aucune opinion personnelle à leur opposer. Depuis l'enfance, c'était une lente pénétration de la volonté de Marie Salette dans l'âme et le corps de son fils. Comme beaucoup de fieux dirigés trop sûrement par une mère, Baptiste était las et découragé; il avait déjà vécu toute une existence de femme à la fois craintive, ambitieuse et trop souvent déçue.

— Je n'y tiens guère, au mariage, osa dire Baptiste.

— Tu ne sais rendre heureux ni toi ni les autres, cria Marie dépitée.

Baptiste eut un sourire. La mère se trompait. Il n'avait pas plus le souci de se sentir malheureux que celui de chercher un plus grand bonheur.

— Jean-Pierre est à la mer ? questionna Baptiste.

Le visage de Marie s'épanouit. Puisqu'il s'informait de l'autre, Baptiste était déjà jaloux. Tout irait bien, Catherine préférerait certainement son fils, un monsieur en lévite, à un grossier matelot.

— Le *Surcouf* est rentré, il ne part que dans trois jours.

Alors Baptiste se réjouit intérieurement. Dimanche il verrait Jean-Pierre. Ils iraient ensemble à Jésus flagellé ou à la Colonne. Malot, farceur, blagueur, n'avait pas son pareil pour vous distraire.

Marie Salette desservait la table; lentement Baptiste se dirigea vers la fenêtre.

En juillet, aux soirs des plus longs jours de l'année, le soleil, globe de carmin, s'attarde longuement au-dessus de l'horizon empourpré. La mer étend une nappe d'eau bleue, et cette surface est aussi calme que la profondeur d'un ciel d'été.

Souvent la chaleur de la journée assoupit la brise et les vagues en repos roulent, glissent les unes sur les autres avec un doux bruit de soie remuée. Quelques mouettes voltigent au-dessus de cette moire sans plis ni cassures et piquent le flot de la blancheur de leurs ailes étendues.

Certes, pour le marin, ce n'est pas là un vrai temps de fortune, et des barques s'immobilisent en vue du port.

Elles se soulèvent, bondissent, retombent sans cesse au creux du flot qui, dépité, court plus loin sans arriver à les entraîner.

Baptiste bâilla, étira ses bras maigres. Les journées, les années se suivaient, se remplaçaient, la nouvelle mangeait toujours la dernière. C'était tout. Rien ne changeait sur la terre et sous les cieux. La nuit noire succédait au jour clair, Baptiste se levait, mangeait, partait à son bureau, revenait, mangeait et dormait. Rien à conquérir, rien à défendre, pas même sa vie, puisqu'il n'y tenait guère.

Parfois, comme ce soir, il regardait un instant la montée du jusant. Cette puissance de la mer qui détruit et crée sans répit, il l'admirait. Elle minait la falaise, creusait le roc et parfois aussi, aux heures de colère, contrariée dans ses desseins par les travaux des hommes, elle emportait la grande digue de pierre. Baptiste était assez instruit pour connaître un peu du mystère de son cœur, cœur inlassable d'aimer, au fond duquel germent et se fortifient toutes les graines de la vie.

Cependant cette mer, nourrice directe de son sang et de sa race, Baptiste l'ignorait, il n'avait jamais été mousse ou compagnon, il ne savait plus souhaiter de vivre ou de mourir pour elle.

Il bâilla une dernière fois, étira ses bras maigres et monta se coucher.

Un sommeil léger continua plutôt qu'il n'interrompit le cours de son existence libre d'émotion et privée de fatigue.

II

Catherine Papin, qu'on appelait « Belle Grâce » à la halle au poisson, justifiait ce surnom.

Sa tête fine se fixait bien droite au-dessus de son buste moulé dans un corsage ajusté; la vaste auréole de son bonnet tuyauté encadrait son visage blanc et rose; ses cheveux séparés en deux bandeaux, étageaient sur son front et ses tempes la dentelure de trois ondes symétriques; ils se relevaient en coques au-dessus de ses oreilles et cette masse brune se perdait dans la coiffe. La physionomie correcte de Catherine était adoucie par le battement de ses paupières longuement cillées et par le jeu de ses prunelles à l'expression câline.

Les peintres, visiteurs de l'été, passaient à la halle pour admirer Catherine. Mais, s'ils ne lui achetaient rien, la belle matelote les accueillait avec indifférence. Ils ne valaient pas mieux que ces minables rentiers de la ville (des rentiers à pommes cuites) qui, le soir, viennent se disputer les broutilles de rebut. Ils dépensent quelques sous, les miséreux, et se régalent d'un repas copieux, les canailles!...

Choisir son poisson, c'est choisir sa clientèle. Catherine ne se plaisait qu'avec les gens de bonne compagnie. Elle n'achetait à la criée du matin que les poissons de la meilleure qualité.

Des turbots et des barbues, ventres larges, têtes petites, dans lesquels tout est à manger, des soles, fausses modestes en robes grises, de petits mulets rouges, vrai régal d'amateur, des bars si bien cousus du haut en bas dans leurs robes pailletées; Catherine accaparait toutes les pièces de choix.

Le saumon et les truites tachetées, Catherine les attendait d'Ecosse, et ses huîtres arrivaient de Cancale; mais leurs écailles étaient si larges et la bonne bouchée du dedans si dodue qu'avec l'aide d'un sourire Catherine les donnait pour des marennes blanches.

Les grands hôteliers de la digue, les chefs des riches étrangers et les dames, femmes de bourgeois cossus et gourmands, s'approvisionnaient chez elle. Catherine les recevait avec une dignité de bon goût. Sûre d'elle-même, sûre de son poisson, elle ne forçait pas la vente. L'argent qu'on lui tendait en paiement, les compliments sur sa fine taille étaient acceptés avec le même air condescendant, gracieux et contenu.

Dès le matin, la mère Papin accompagnait sa fille à la halle. Une fille qui avait su se débrouiller!... Elle la regardait avec des yeux de chien soumis, elle exécutait aussi toutes les grosses besognes pour les éviter à Catherine. Elle vidait le poisson, nettoyait l'étal. Cependant, lorsque les acheteurs étaient nombreux, Catherine, sans répugnance, fouillait de ses doigts minces jusqu'au fond des ventres, arrachait les ouïes et les peaux. La grâce de ses gestes, la noblesse de ses attitudes préservaient son élégance. Un sourire voltigeait sur ses lèvres fines : c'était un jeu cruel qui semblait amuser une jolie fille. Elle avait éconduit bien des amoureux. Courtisée par les mères et par les fils, elle attendait une bonne occasion. Elle avait le temps de choisir. La belle Catherine trouverait toujours un mari; ainsi, pourquoi se hâter? Elle songeait aux affaires avant de penser à l'amour.

La cloche du marché à la criée sonna, Catherine se tourna vers sa mère :

— Et cette Ambroisine qui n'arrive pas avec mes moules!... C'est pour le marquis de Visle; si M. Auguste vient les réclamer, tu diras que je les enverrai avec le turbot; Ambroisine les portera.

Catherine se dirigea vers le marché de la criée. La cheville d'aplomb sur ses patins, les mains dans ses poches, elle passa fièrement devant les petites marchandes en bonnets plats.

Elle n'aimait pas ses rivales, ses voisines, les

grosses marchandes qui occupaient le haut bout de la halle, et elle dédaignait ses inférieures, les débiteuses de broutilles qui siégeaient plus bas.

Mais elle souhaita le bonjour à Rose Malot. La mère de Jean-Pierre ne vendait que des salaisons, ce n'était pas une concurrente; et même, Catherine en convenait, dans sa spécialité, Rose était la première. Ses harengs, c'était du vrai jambon!... On estimait la marchande en goûtant la marchandise. Rose offrait de temps en temps à Catherine une douzaine de ses meilleurs saurets, et chaque année, à la semaine sainte, elle dessalait pour elle un petit saumon de la mer du Nord.

Assurément, tant de politesse en disait long sur les sentiments de Rose et peut-être aussi sur ceux de Jean-Pierre. Et l'admiration de la mère et du fils s'adressait davantage à l'intelligence qu'à la belletée de Catherine!... La jeune fille, habituée aux compliments sur sa taille et sa figure, appréciait l'hommage d'une femme capable, qui pouvait juger et apprécier de solides qualités.

Malgré l'heure assez tardive, quelques trailleurs qui venaient d'arriver au port vendaient leur pêche à la criée.

On marchait avec peine dans les deux allées croisées encombrées par les cabrouets chargés. Les soles, les raies couplées s'alignaient sur les carrés dallés.

Les lots étaient importants et le poisson beau et frais, les maréyeurs examinaient la marchandise. La moue méprisante qui allongeait leurs lèvres dissimulait, croyaient-ils, leur désir d'acheter.

Il s'agit d'obtenir à meilleur compte du poisson dont les autres sont dégoûtés!... Tant de grimaces ne trompent pas le crieur qui lance les chiffres et attend longuement afin de tenter un surenchérisseur. Les raies, les soles, faciles à expédier, sont toujours payées largement.

Dans la part adjugée à Micaille, Catherine avisa quelques soles et un turbot qui lui convenaient. Elle maniait les poissons; les soles, au lieu d'étaler leur fraîcheur en se cabrant, s'abattaient flasques et molles sous ses doigts experts.

— Ça n'est pas pour envoyer! dit-elle avec autorité.

— J'ai donc été trompé, geignait déjà Micaille qui n'y connaissait rien.

Intimider Micaille, un volontaire, un ancien boucher pris par la fantaisie d'augmenter sa fortune avec la marée, c'était un jeu d'enfant.

— Ça n'est pas du poisson frais, insista Catherine, c'est du poisson à la glace; il arrivera pourri si vous l'envoyez à Paris; quel malheur!...

C'était si bon de tromper Micaille, un étranger qui s'emparait des bénéfices de la marine!... Des matelots, des matelotes entouraient Catherine, hochaient la tête et l'approuvaient.

Micaille, tout confus, offrit à Catherine la marchandise dépréciée.

— Vous les vendrez aujourd'hui à vos clients.

— C'est bien pour vous rendre service, soupira Catherine. Tenez, voilà six francs, c'est tout ce que ça vaut.

Micaille remercia. Catherine tria le poisson, le mit dans une manne qu'elle cala sur le dos d'une porteuse.

La mer, le ciel, tout cet infini doux aux yeux, frais au cœur, s'étendait devant Catherine debout à la porte de la halle. Ce spectacle, Catherine le regarderait toujours sans le voir jamais. Les tramways électriques bondés d'étrangers et la grosse voix du bateau d'excursionnistes la *Marguerite* l'intéressaient davantage. Elle se tourna du côté des quais. Que de monde!... Tous ces gens-là mangeraient. Bonne affaire, le prix du poisson se maintiendrait.

Catherine retournait à son étal où sa jeune sœur Ambroisine, bien essoufflée, tendait à la mère une pleine manne de moules.

— Niquedouille, cria Catherine, toujours pressée après la vente; je suis sûre que M. Auguste est venu?

— Il y a même longtemps, déclara la mère Papin.

— Tu peux donc t'en retourner avec tes moules, ordonna sèchement la belle Catherine.

Ambroisine rechargea ses moules en silence.

— Tu pourrais au moins t'excuser, répondre, reprit Catherine; une autre fois, tu tâcheras d'être à l'heure. Va préparer le dîner, et si tu t'amuses en route, gare!... Dans la journée, tu porteras les moules et le turbot au château de la Falaise.

— Oui, oui, fit Ambroisine qui s'éloignait.

— Espèce de Cadet Oui-Oui! cria la belle Catherine qui, toujours, voulait avoir le dernier mot.

***

Ambroisine marchait en chantonnant. Elle accueillait avec indifférence les observations de sa mère et de sa sœur.

Elle était un de ces enfants tard venus qu'on appelle des « après coup ».

Bien, les derniers-nés ne sont-ils pas les plus aimés dans les familles?

Pas toujours.

La vie endurcit trop souvent l'âme. Lorsque tout a été donné, que reste-t-il à prendre?

Certes, Marie Papin-Sauvage avait été bonne mère, elle avait d'abord élevé sans récriminer trois garçons et une fille. Puis, ayant dépassé la quarantaine et n'espérant plus d'enfants, elle avait donné à une voisine le berceau et la layette. Elle avait usé ensuite en torchons les dernières couches. Elle était tranquille.

Cinq ans plus tard, Marie dut acheter de nouvelles brassières et séparer la toile d'une bonne paire de draps.

Ambroisine portait vivant sous les yeux de la mère le souvenir de cette douloureuse déconvenue.

— Ambroisine!...

Depuis la rue de Boston jusqu'au Calvaire, en passant par la cour Broquant et les rues en escalier, on riait de ce prénom.

Tous les beaux noms de la famille, Marie, Rose, Catherine appartenaient aux cousines, sœurs et nièces, à la naissance de la petite fille. On ne savait plus!... L'officier de l'état civil, un monsieur imposant avec sa lévite et son chapeau d'hauteur, avait coupé court à l'embarras du père en inscrivant sur son registre le nom du saint marqué au calendrier le jour de la naissance de l'enfant. Ambroise, au féminin Ambroisine.

Sa sœur, la belle Catherine, l'appelait parfois « mon Cadet Oui-Oui ». Ce surnom valait bien le nom d'Ambroisine. Aussi la fillette oubliait de se fâcher en l'entendant.

Elle marchait doucement près des bateaux amarrés dans le port. Eprise de grand air, de vent et de lumière, elle avait toujours le temps de rentrer au logis...

Souvent abandonnée, toute son enfance elle avait couru près de la mer, vivant de son souffle et de ses fruits. Pas un fieu ne savait dépister les gros crabes et les petits homards entre les roches noires du Gris-Nez comme cette rude gamine. Et courir dans l'eau après les crevettes grises et arracher les paquets de grosses moules bleues, loin, là-bas, au creux même de la mer.

La mer!... Ambroisine ne l'admirait pas comme l'admirent ces étrangères, ces terriennes, qui viennent des villes, regardent et s'extasient.

Le sang agile qui coulait dans ses veines était comme puisé à même le flot, et dans ses yeux changeants montaient tous les reflets de la vague.

La mer vivait en elle pareille à une âme qui anime le corps sans se connaître.

Ses sensations de crainte, d'admiration, d'amour devant la mer demeuraient obscures, elles s'exprimaient par des actes et ne cherchaient pas de mots.

Ah! courir sur le sable blond et se griser du haut de la falaise jusqu'à ce que les oreilles tintent de toute la violence du vent de tempête, descendre en cachette à bord des bateaux et se pencher si longtemps sur l'eau que l'on a envie d'embrasser le portrait qui vous regarde, trembler à la pointe d'une roche tandis que la marée monte, monte, engloutit tout autour de vous, ensuite espérer, parfois pendant des heures, la mort ou la liberté, s'enfoncer dans le brouillard qui vient ensevelir la route et ménage la surprise de se retrouver après avoir été perdu.

Ambroisine connaissait tous ces riches plaisirs que les dames bien gréées et sa sœur, la belle Catherine, ignoraient toujours.

— Elle est plus sauvage que Papin, disaient les matelotes; dans les familles, il en faut sans doute de plusieurs espèces; elle ne ressemble guère à sa sœur aînée : une mauvaise roussette près d'une belle perdrix de mer!...

La fillette, en ce moment, regardait les marins jeunes et vieux qui embarquaient et débarquaient. Elle soupira. Que n'était-elle un mousse aux lourdes bottes et à la tête légère qui, sur un bateau, voyage vers des pays lointains et toujours nouveaux!...

Elle s'arrêta près des bateaux qui stationnent devant la douane. Ils sont chargés de sel et viennent de Portugal.

Portugal!...

Ambroisine répétait ce mot qui sonnait bien et elle pensait au pays qu'elle imaginait jaune de soleil, jaune comme une orange.

Pour distraire l'équipage pendant les longues traversées, des oiseaux verts, deux par deux enfermés dans des cages, chantaient, piquaient leur gâteau, éparpillaient des graines, se becquetaient, et tournaient leurs yeux ronds vers l'espace.

Ils paraissaient heureux, ceux-là!... Que ne pouvait-elle les suivre? Son désir s'arrêta dans un rire, car Ambroisine savait bien qu'attachées à la côte, les filles ne naviguent jamais!... Jamais? Non pas, c'est un autre qui navigue pour elles, un plus hardi, plus fort; il emmène dans son cœur l'image de celle qu'il aime. Il domine la mer, la pille, puis il revient, raconte et embrasse. Un bon ami, avoir un bon ami! Ambroisine y songerait-elle déjà?...

Et l'heure qui s'enfuit sans avertir!... Dans un instant, Catherine et sa mère reviendront de la halle; que diront-elles si les pommes de terre du dîner sont crues? Ambroisine s'occupe du ménage puisque la mère donne tout son temps à sa fille Catherine.

Aussi Ambroisine marchait vite et le poids qui

Il serrait Ambroisine qui ne cédait pas (p. 6).

chargeait ses épaules usait toutes ses forces, elle ne voyait plus rien.

Elle s'essoufflait un peu et s'arrêtait de temps en temps, se tournait et mesurait le chemin parcouru.

Les Papin-Sauvage habitaient au coude de la route qui mène à la chapelle du bon Dieu flagellé.

Ambroisine foulait l'herbe dure de la falaise; elle ralentit le pas pour ne pas embarrasser ses pieds dans les mailles des filets qui séchaient au soleil.

— Hé! hé! cria une voix, ne cours pas si vite, ma bellotte!...

— Ma pauvre mère, attendras-tu un peu, on t'aidera!...

De gros rires poursuivaient Ambroisine : elle se pressait.

Une fillette, même brave et audacieuse devant la mer et le danger, n'affronte pas toujours hardiment des garçons!...

Dans sa hâte de fuir, Ambroisine obliqua à gauche

— C'est ça, va par là, nous te suivons.

Les cris, les appels continuaient. Elle tremblait, elle s'arrêta; elle voulait se débarrasser de sa manne et, une fois délivrée, courir au loin.

Trop tard, la bande l'entourait. Ah! le cœur manquait à Ambroisine, elle pensait défaillir!...

— Ah! bonne Vierge! Je me sens partir, murmurait-elle!...

Ils étaient cinq autour d'elle, tous novices, fieux entre dix-huit et vingt-deux ans, âge où les garçons sont plus cruels et taquins que tendres avec les filles.

Ils étaient beaux, gais et braillards.

Partagée entre la peur et l'admiration, la petite Ambroisine demeurait la bouche et les yeux grands ouverts.

Déjà ils se précipitaient sur elle, lui arrachaient sa manne, jetaient les moules, et le plus grand et le plus jovial de la bande empoignait la gamine par la taille. Il la fixait de ses yeux noirs et brillants.

Avec une moulière, une fille de rien, il n'avait pas à se gêner. La plaisanterie l'amusait.

Baptiste, qui reconnaissait le Cadet Oui-Oui, s'écria :

— Laisse-la, Jean-Pierre, c'est la sœur de Catherine Papin, de Belle-Grâce.

En ce moment, Jean-Pierre n'entendait, ne comprenait plus rien. De tout l'univers, il n'existait plus pour lui que ce Cadet Oui-Oui. Ah! le visage de révoltée penché sous le sien. L'ovale pur lui rappelait la face longue de la Notre-Dame qui bénit la mer aux jours de grande procession. Les cheveux, les sourcils, la peau étaient d'un blond monotone, de la couleur d'un miel pâle ou de l'odorante fleur de tilleul. Tant de douceur troublée par la colère de deux yeux profonds et l'ardeur de deux lèvres rouges attirait Jean-Pierre.

— T'es encore bellotte et tu m'embrasseras!...

— Laisse-là, laisse-la, je te dis, supplia Baptiste, son père t'en voudra à mort, c'est une fille convenable.

— Ça, une gamine pareille, cria Jean-Pierre exaspéré, et puis, tant pis, mieux elle vaut et plus j'y tiens, un bec, vite, et je t'aurai, cria Jean-Pierre.

La résistance à sa volonté de garçon hardi et d'enfant gâté, Jean-Pierre ne l'admettait jamais. Il serrait, à la broyer, Ambroisine qui ne cédait pas.

Cependant, ce visage brillant de santé et de vie qui se penchait sur le sien, ces yeux qui luisaient et ces lèvres qui semblaient cueillir son haleine, Ambroisine ne pouvait en détacher son regard.

L'embrasserait-elle? La tentation de se contenter en contentant Jean-Pierre l'empoignait. Ainsi de force? Non, non, il la croirait lâche, craintive de la douleur, obéissante au mal.

Alors, bravement, Ambroisine mordit ferme la joue qui s'appliquait contre sa bouche.

— Mauvaise craie, cria le garçon.

Il leva les poings pour frapper, ses amis l'entraînèrent. Il parut se calmer, ce n'était pas le jour de se fâcher, mais celui de fêter.

Tout à l'heure, dans un gai cabaret, ne se régaleraient-ils pas ensemble d'un bon plat de lapin, ils mangeraient de la tarte à s'en faire mourir et boiraient à leur contentement de la bière et du genièvre!...

Ambroisine était seule, la manne vide gisait à côté d'elle, les moules poussiéreuses jonchaient le sol.

Elle écoutait les chants et les rires qui s'éloignaient. C'était fini, elle n'entendait plus que le bruit monotone de la mer.

Une tristesse l'accablait, elle fermait les yeux. Pour la première fois de sa vie, le froid, l'angoisse de la solitude pénétraient son corps et son âme.

Elle était seule, seule au monde avec, pour toute consolation, la honte de regretter la compagnie d'un méchant, d'un brutal qui lui avait fait mal. Son chagrin était sans excuse.

Découragée, vaincue, Ambroisine s'assit, la tête enfouie dans son tablier, elle pleurait.

III

Dans un de ces gais cabarets qui entourent la chapelle du bon Dieu flagellé, Jean-Pierre Malot et ses compagnons avaient bien mangé du lapin et encore mieux bu de la bière et du vin. Pour faire glisser liquides et victuailles, ils avaient pris du genièvre.

Seul Baptiste Salette conservait toute sa raison. Devant la vie, son attitude était volontiers celle du renoncement. Il cherchait des compagnons de son âge pour se distraire de lui-même; trop souvent, leur gaîté l'attristait. Cette déception se renouvelait sans cesse, car cette joie de jeunesse qui le fuyait, il ne se lassait pas de l'espérer. Il promenait autour de lui un regard morne, indifférent. Sa cou glissait entre ses épaules droites. Il ressemblait à un maigre oiseau qui a froid, se ramasse et cherche les plumes de son ventre pour s'en chauffer la tête.

Aujourd'hui, il n'était pas le seul à faire le vieux au milieu des jeunes. Malgré la boisson et les propos gaillards dont les fieux rassemblés se régalent, Jean-Pierre, pensif, songeait à la mauvaise qui l'avait mordu. De minute en minute, d'heure en heure, les petites dents d'Ambroisine s'enfonçaient plus profondes dans sa joue. Il avait beau frotter, la sensation s'éternisait, glissait le long de son épiderme, l'enveloppait tout entier.

Ah! les filles!... Engeance du diable!... Non, jamais, il n'avait tant détesté une fille!...

Jean-Pierre, farceur, blagueur, n'avait pas son pareil pour tenir en joie une société. Il se taisait, ne songeant plus à la pécaille, mitraille, vantardises et aventures de voyage. Son esprit, dominé par la rage, ne suivait qu'une idée.

Ses joues rouges pâlissaient, son regard vacillait, fuyait. Il n'entendait plus le bruit de paroles qui l'auraient étourdi.

Il pensait!...

Et ses réflexions ne cherchaient ni le profit, ni l'adresse.

Songeait-il à améliorer sa position en devenant pilote ou patron? Espérait-il conquérir la belle Catherine afin d'être un des gros mareyeurs qui font la loi à la halle au poisson?

Non, il ne voyait qu'un visage blond aux yeux révoltés.

Tenir la fille, la broyer, la briser, lui faire crier grâce, lui apprendre à vivre, enfin, c'était cela qu'il voulait.

Une fille, ça ? Ambroisine n'était qu'une méchante gamine à fouetter. Catherine Papin, c'était une fille, et une belle fille, encore. Pour celle-là, il garderait ses compliments les mieux tournés. Mais de la petite et de son refus, il se vengerait.

Il abandonna ses compagnons en chemin de retour vers la ville.

Baptiste voulut le retenir.

— Où vas-tu par là ? demanda-t-il.

— Il ne sera pas dit qu'une gamine me fera la loi. Je veux avoir mon tour, déclara Jean-Pierre.

— Prends garde, conseilla Baptiste, c'est une Papin, tu pourrais t'en repentir; et puis, si tu t'attardes, ton bateau partira, cela te coûtera au moins trois jours de prison.

Jean-Pierre haussa les épaules, et il eut un regard dédaigneux pour Baptiste...

— Dis donc, bêtise-sottise, malice à rebours, suis-je assez lâche pour abandonner mon idée par crainte ?... Je ne suis pas le fieu accouveté par la mère Salette, moi !... Le premier devoir d'un garçon, c'est de ne pas se laisser manquer par une fille

Baptiste n'entendait pas se fâcher des propos d'un fou. Et puis, il flairait un danger pour lui-même et, afin de se mieux défendre, il désirait rester prudent et calme.

Etait-ce naturel que Jean-Pierre s'entêtât ainsi à retrouver un Cadet Oui-Oui !... Jean-Pierre, épris d'Ambroisine, renoncerait à Catherine, et quelle excuse aurait-il pour écarter la belle convoitée par Marie Salette ?

Lui ! marié à Belle-Grâce !... Baptiste frissonnait, une sueur froide glissait de son front à son cou, inondait ses épaules. Du moins, il avertirait Jean-Pierre, le prémunirait contre le grand péril qui le menaçait.

— C'est donc un chien enragé qui t'a mordu ce matin, Jean-Pierre !... Fais attention, tu seras piqué au talon. Ça s'est déjà vu que l'amour s'y prend par le mépris pour vous tourner la tête. On l'appelle Cadet Oui-Oui !... Prends garde, mon Jean-Pierre !...

— Largue et la paix, cria le jeune matelot furieux. Imbécile, j'aimerais mieux me tuer et elle avec, plutôt que de penser à ça avec un morceau pareil !

— T'as bu, Jean-Pierre, insinua Baptiste, t'es soûl, viens.

Il tirait Jean-Pierre par le bras, mais celui-ci se dégagea brusquement.

— Va-t'en, ou je cogne, cria Jean-Pierre hors de lui.

Il menaçait Baptiste qui s'éloignait en courant. Afin d'éviter un malheur, il avertirait la mère Papin et l'enverrait au secours de sa fille.

Jean-Pierre rôdait autour de la maison des Papin-Sauvage. Il grimpa sur le mur de galets qui entourait le jardin. Il ne vit personne et redescendit.

Il avança jusqu'au bord de la falaise et se pencha. Des éboulis de terre avaient entraîné de grosses roches. La falaise s'évidait, rebondissait de masse en masse jusqu'au sillon blanchâtre apporté par les vagues.

La mer montait, elle emportait de la terre, roulait du noir et reculait plus lentement, alourdie par le poids de son ennemie vaincue.

Jean-Pierre crispait ses poings. Tout à l'heure, il tiendrait la fille suspendue au-dessus de l'abîme. N'était-il pas le plus fort et le maître !...

La brise, accourant du large, mettait une fraîcheur à ses tempes; cette caresse le calmait un peu et il songea à fuir. Mais l'obsession était trop forte, il ne pouvait plus renoncer à sa vengeance, il punirait ce Cadet Oui-Oui.

Jean-Pierre monta à la colline. A sa gauche, c'était la ville aux maisons grises avec la ceinture verte des arbres des promenades du rempart. Le dôme rond de la cathédrale représentait assez bien un gros nid rond renversé. Dans ce nid-là se couvait de la piété pour les âmes et aussi tous les œufs d'or du pèlerinage de Notre-Dame.

La mer s'étendait à l'infini à la droite de Jean-Pierre. Elle avait la belle couleur verte des soirs aux ciels orangés; des barques couraient toutes voiles ouvertes vers la pleine mer et les bras des trois jetées se tendaient ensorceleurs, tentants, comme pour les appeler et les retenir. Le vent sain du large, la calmenne après la tempête, la tempête qui suit la calmenne, et toute la variété du métier qui dépend du caprice de la mer, attire et captive le marin.

— Hélas ! Jean-Pierre Malot ne reconnut même pas l'allure balancée de son bateau, le *Surcouf*, qui naviguait déjà vers le nord, car chargée des moules et du turbot de M. Auguste, le cuisinier d'un marquis, Ambroisine sortait de chez elle.

Ambroisine reconnut Jean-Pierre; elle rougit, pâlit et, dans son émotion, il y avait sans doute plus de crainte que de plaisir.

Que venait-il chercher, le fieu qui abordait si rudement les filles ? Demanderait-il encore un baiser ? Devait-elle fuir ou courir à lui ? La surprise d'un espoir de bonheur envahissait l'esprit d'Ambroisine...

Mais non, ce n'était pas possible, il ne venait pas pour elle. Catherine seule avait le pouvoir de charmer des amoureux. Quel garçon s'occuperait jamais d'un cadet Oui-Oui !...

En vérité, il existait, ce garçon-là, il s'appelait Jean-Pierre Malot. Ambroisine n'en doutait plus. Il venait à elle et, bravement, elle l'attendait.

***

Ambroisine poussa un cri. Le temps de fuir était passé ! Le garçon la tenait. Il arracha la manne, la courroie se serra avant de se briser et Ambroisine gémit. Cette lanière de cuir s'enfonçait dans sa chair et la coupait jusqu'au cœur. Elle contint ses larmes prêtes à couler.

Des bras l'étreignirent, l'enlevèrent et l'haleine de Jean-Pierre couvrit son visage. Ce souffle avait l'odeur chaude de la buée qui s'échappe, le soir de la porte ouverte des cabarets du port.

Jean-Pierre avait bu et un garçon ivre ne raisonne guère plus sagement qu'un fou.

— Ah ! ce matin, tu m'as caressé la figure à ta manière, à présent nous verrons, cria le dément.

Jean-Pierre courait avec Ambroisine serrée dans ses bras, puis, juché à la pointe de la falaise, il la tenait suspendue au-dessus de la mer.

— Une, deux, je balance; une, deux, un chat retombe toujours sur ses pattes.

Que de fois il avait jeté la chatte par les fenêtres, une chatte rousse, rousse comme Ambroisine.

— Embrasse-moi, ou c'est la fin, cria-t-il...

La violence de Jean-Pierre ne surprenait pas la rude gamine élevée sans douceur et habituée aux brusques mouvements de la mer qui cependant l'aimait et la nourrissait. Dans la fureur de Jean-Pierre, la petite Ambroisine devina ce que Jean-Pierre ignorait encore.

Ainsi il faudrait mourir maintenant tandis que bientôt s'offrirait à elle une existence double et plus complète, la sienne et celle de Jean-Pierre, qui deviendrait son bon ami. Déjà sa foi dans la richesse de la mer et la puissance de Jean-Pierre sur l'Océan se confondaient en elle et fortifiaient son espérance d'exister pour l'un et par l'autre.

Cependant elle résista à son désir de se soumettre de suite. La brutalité du garçon la révoltait; elle ne voulait pas d'un homme qui ne s'adresserait jamais qu'à sa faiblesse de fille. Le choix d'Ambroisine était fait. A un bon ami cruel, vindicatif, méchant, elle préférait la mort. Tout de même, Ambroisine ferma les yeux pour ne pas voir cette laide mort.

Vite un *Ave Maria* et puis Adé, bonsoir; la mer attendait.

Et cependant, avant la joie du paradis et le concert des saintes, Ambroisine voulut encore regarder quelqu'un de ce monde, quelqu'un de bien vivant, et elle souleva ses paupières. Sur le fond lointain du ciel bleu, le cou large et la grosse tête brune de Jean-Pierre qui se détachaient nettement. Alors, ce fut comme une vision atroce qui terrifia Ambroisine.

Quand elle serait morte on chercherait l'assassin et Jean-Pierre serait puni de son crime. M. Deibler viendrait, et devant tout le peuple assemblé, on couperait la tête du garçon. Ambroisine poussa un grand et douloureux cri de pitié, ses bras se tendirent, se nouèrent solidement autour du cou qu'ils voulaient protéger.

Les idées s'embrouillaient de plus en plus dans la cervelle de Jean-Pierre. La chaleur du corps de la petite Ambroisine lui brûlait la poitrine. Il n'y tenait plus, il devait se débarrasser de son fardeau.

— Une, deux! Une, deux!... Allez, chatte rousse.

Tout de même, pour lancer plus vite et plus droit, Jean-Pierre baissa les yeux et il s'arrêta tout tremblant devant le visage qui le regardait.

Cette gamine représentait sur terre le diable et la sainte Vierge. Seul, le diable pouvait lui inspirer par elle de mauvais désir de tuer la sainte Vierge... Or, en vérité, les traits de la fille lui rappelaient, à s'y tromper, ceux de la Notre-Dame qui bénit la mer.

Bien qu'il fût à peine croyant, Jean-Pierre se troublait. A défaut de piété, souvent la foi des années d'enfance laisse de doux souvenirs dans l'âme des garçons.

Il remit Ambroisine debout à côté de lui et, confus, il baissa le front. Dans un geste machinal, il retira sa casquette. Il saluait et s'excusait.

Ambroisine inclinait la tête et ils restèrent silencieux l'un près de l'autre.

Certes, ils oubliaient l'affaire importante, le désastre sans remède, le turbot de M. Auguste, piétiné, sali, et les moules qui dégringolaient une à une dans la mer.

Deux claques sonnantes sortirent Ambroisine de ses préoccupations sentimentales.

Avertie par Baptiste, la mère Papin courait depuis la halle au secours de sa cadette.

— Rentre à la maison, ordonna-t-elle impérieusement. Puis, se tournant vers Jean-Pierre, elle ajouta : « C'est honteux! Ta mère me remboursera la marchandise. Malvat, bon à tout, propre à rien, s'attaquer à une gamine! Je te croyais plus rassis. Si tu n'étais pas pris de boisson, tu ne serais pas excusable!... »

IV

Comment que je te le payerais, ton turbot? Compte un peu!... On t'en donnera, du turbot!...

Rose Malot, les poings sur les hanches, fixait la belle Catherine. Quand il s'agit de défendre des sous, la matelote a la valeur du lion! Et puis, Rose en avait gros sur le cœur.

— Oui, vous me le payerez, riposta Catherine.

— Et mon fieu, le voilà en prison par la faute de ta drouille de sœur, me le payeras-tu, espèce d'effrontée?...

— Drouille! cria Catherine en haussant le ton, drouille et malvat, votre fieu et le Cadet Oui-Oui, ça ne va peut-être pas ensemble?...

— Répète un peu pour voir.

Rose, la main levée, avança vers Catherine. Les deux femmes se dévisageaient. La mère Papin voulut s'interposer et protéger sa fille, Catherine l'écarta d'un geste brusque.

Toutes les dames de la halle accouraient pour assister à la bataille qui s'annonçait!...

— Ces filles Papin, c'est tout des saletés.

— Ça, c'est parlé!... approuva Rose furieuse.

— Votre fieu, voulez-vous que je vous dise? c'est de la graine d'assassin!...

— De la graine d'assassin. Tiens!

Une paire de soles lancée par Rose gifla Catherine.

Catherine empoigna Rose au chignon; la coiffe de la matelote voltigea...

— Elles s'écarpignent, doux Jésus! empêchez-les, suppliait la mère Papin en joignant les mains.

La querelle de ces deux orgueilleuses du haut bout de la halle vengeait de leurs dédains les marchandes de broutilles. Elles s'amusaient trop pour chercher à les séparer.

— Laisse-la, pria la mère Papin.

Catherine bouscula la vieille.

— Tais-toi, on m'a répété tout ce qu'elle a dit sur nous!...

— C'est peut-être des inventions, Catherine!

Mais les supplications de la mère Papin demeuraient inefficaces. Déjà Catherine et Rose puisaient des munitions sur l'étal de la belle matelote. Tant pis pour la marchandise! Dans sa colère, Catherine oubliait que son bien faisait tous les frais de la guerre.

Les soles, les turbots, les mulets, jetés à la volée, s'écrasaient par terre et, piétinés, salis, se transformaient en gluantes flaques de boue.

Catherine glissa, Rose empoigna à son tour l'ennemie par les cheveux.

Elles se tenaient, les ongles tendus cherchaient la chair pour s'y enfoncer. Les boutons du corsage de Rose sautèrent. Catherine, jeune et forte, maintenait Rose d'une seule main.

— A cette heure, je te tiens, tu recevras la trempe à robe retroussée. Ah! t'as dit que je courais après ton garçon, que j'en voulais! Voilà, voilà ce que je veux!

Affolée, Rose parvint à dégager un de ses bras. Elle saisit l'oreille de la belle Catherine, elle tenait le lobe, la longue boucle d'oreille en or et, violemment, elle tira.

Cette fois, Catherine lâcha Rose en poussant un cri d'angoisse, car du sang tiède inondait sa joue et la douleur ferma ses yeux trempés de larmes.

— Je me sens partir, soupira-t-elle!

Elle s'évanouissait et s'abattit sur la poitrine de la mère Papin, désespérée.

On entourait Catherine et il fallut la conduire à la pharmacie voisine. Pendant ce temps, Rose victorieuse rajusta ses cheveux, son corsage; les commères se séparèrent et regagnèrent leurs places.

Des gamins, en quête de rapine, ramassaient sur le sol les débris du beau poisson de Catherine. Ceux-là se régaleraient d'un excellent dîner qui ne coûterait pas cher.

Ainsi va la vie, le malheur des uns mûrit souvent en bon profit pour les autres!...

Ils ne furent pas les seuls à se réjouir, Marie Salette triomphait. A présent, tout était fini, et pour toujours, entre les Papin et les Malot, espérait-elle. Le hasard la servait et écartait de la belle Catherine le plus dangereux rival de son fils. L'événement servait assez fidèlement ses intérêts pour l'aveugler sur l'effet certain d'une querelle entre femmes qui, tôt ou tard, s'achève par un bruyant raccommodement et des protestations d'amitié.

Ainsi, jugeait-elle, le meilleur, le plus beau, le fin du fin, la belle Catherine Papin appartiendrait à Baptiste. Ah! cette Rose ne savait pas manœuvrer comme elle, pour son garçon! Elle perdait une bonne occasion de le bien placer. Toute la marine envierait le mari de Catherine, une fille belle et capable. Quel heureux sort pour son Baptiste! Son Baptiste! Marie Salette mettait au moins autant d'orgueil que de tendresse dans son affection maternelle!...

V

Tout d'abord Jean-Pierre Malot supporta avec insouciance l'épreuve de la prison. Bien des fieux habitués à respirer à pleins poumons la forte ou la belle brise revi malades d'esprit et de corps après la halte au port des punis. De pauvres superstitieux refusent même le pain de la prison. Ils sont en détresse et pleurent nuit et jour. Certes, ils perdent le goût de la révolte dès leur première peccadille, ceux-là!...

Jean-Pierre avait été gâté par une mère docile à ses caprices. Il était resté assez souvent accouvé à la maison pour ne pas regretter trop le grand air. Intelligent, son esprit n'exagérait pas plus le châtiment que la faute.

Cependant lorsqu'il lui avait fallu franchir le seuil de la prison aux murailles tristes et sombres, il avait songé que de l'ouvrier de la terre en défaut, le patron se contente d'une amende; l'ouvrier de la mer est rivé par un engagement, il est traité comme un criminel s'il manque à l'appel!... Ces lois partiales, dont la dureté rappelle la Bastille et l'ancien régime, indignaient le jeune Jean-Piere.

Marin embarqué, cependant il débarquait selon son désir, et ce manque d'obligation envers aucun métier le forçait à choisir un état; il ne s'attachait à aucun.

A terre, c'était la bombance, les camarades, les parties de plaisir; mais l'ennemi qui succède à l'amusette arrivait bien vite; alors la mer et ses chemins périlleux lui apportaient la nouveauté, les ciels et les songes variés!... Trop jeune pour être patron, la soumission à des matelots vulgaires attaquait parfois son orgueil.

« Marin d'eau douce! matelot d'occasion! » l'appelaient parfois les compagnons rivés à la mer par la nécessité.

Sa mère Rose l'avait élevé pour un meilleur sort que celui de matelot. Jean-Pierre n'avait jamais été mousse. Au sortir de l'école, il avait déjà quinze ans. Il était fort et dru comme un homme, il avait fait pendant trois mois le plus mauvais employé de la mairie, d'où on l'avait renvoyé. Alors, en attendant une meilleure place, grand-père Nicolas l'avait engagé sur un bateau, le *Surcouf*, qui pêchait le hareng. Cette diversion occuperait le loisir forcé du fieu; et puis, grand-père aimait la mer, il n'était pas fâché de montrer au garçon la noblesse d'un métier qui tient sain le corps et pure l'âme qui s'y consacrent. Il apprendrait aussi à ne jamais mépriser les siens par le sang et par l'amitié, ses parents et les marins, ses compatriotes.

Jean-Pierre, jeté au milieu des compagnons qui guettaient les malaises et les paresses du novice amateur, avait si heureusement triomphé, que le souvenir de cette campagne restait glorieux dans sa mémoire.

Adroit, dur au froid, résistant au vent, l'estomac aussi d'aplomb que les bras, le savant, le clerc, avait travaillé comme un homme!...

Dans les hésitations de son caractère d'enfant gâté et de sa nature vaillante, il allait sans cesse de la mer à la terre, de la terre à la mer, regrettant toujours l'une avec l'autre. Sa mère s'évertuait sans cesse à lui trouver des places d'employé auxquelles il renonçait brusquement. Il dépensait sa force, allait en Islande, en Ecosse, chercher la morue, le hareng, le maquereau, il revenait, et sa mère le reprenait par le lit tendre, la soupe mijotée, une grande indulgence. Aussitôt reposé, son corps s'impatientait dans ce bien-être. Pour contenter Rose et renoncer à la mer, il lui aurait fallu vivre loin d'elle : à Paris, par exemple. Il y songeait parfois. Mais c'était impossible et bon seulement pour des fils d'armateurs qui étudiaient au collège et ensuite apprenaient le droit pour devenir commissaires de marine ou avocats. Jean-Pierre, élève de l'école primaire, ne pouvait prétendre à tant de science.

Et maintenant, dans sa solitude forcée, Jean-Pierre aurait le temps de songer à cet avenir qui préoccupait mère Rose. La flotte ou le service militaire attendaient le marin par caprice et le terrien d'occasion, il faudrait bientôt choisir.

Habillé de sa vareuse et de son pantalon, Jean-Pierre dormait une nuit et un jour étendu sur sa couchette.

Dors, fieu, dors! Qu'une bonne fée te berce, il vaut mieux rêver endormi qu'éveillé dans une prison!...

De futurs criminels, voleurs et assassins ont habité dans cette cellule. Bien des coupables involontaires sont sortis d'ici avec l'orgueil du mal.

Et, autour de Jean-Pierre, les songes, frissons, cauchemars de ces malheureux espèrent peut-être une vie nouvelle.

Jean-Pierre appuie sa belle joue fraîche sur son bras replié, un souffle léger s'échappe de ses lèvres entr'ouvertes. Rendons grâces! Son sommeil est celui d'un enfant!...

Et le soir absorbe jusqu'à ces derniers rayons de clarté qui se glissent entre les barreaux de fer de l'étroite fenêtre. Les murs se joignent, puisque tout est noir; c'est une fosse au fond de laquelle repose un mort.

Le silence est absolu; un cauchemar visite Jean-Pierre qui halète. Il navigue tout seul sur un bateau ravagé par la tempête, il veut crier à l'aide, il ne peut pas; c'est comme une main qui lui serre la gorge. « A moi, au secours!... » Pas un mot ne sort.

Une seconde de lucidité apprend à Jean-Pierre qu'il rêve; il veut se réveiller pour échapper à l'angoisse et il demeure impuissant contre le sommeil.

Il subit le songe qui le poursuit en dépit de sa volonté!

Enfin, après une lutte de quelques minutes qui lui paraissent longues comme des heures, il pousse un cri, il entend le son de sa voix, il se tourne sur sa couchette.

Jean-Pierre se réveille.

Grand Dieu! où donc se trouve-t-il! Absente la respiration légère de sa mère qui repose dans le lit voisin, et perdus aussi les sonores ronflements des camarades de bord!

Jean-Pierre se lève, trébuche contre un escabeau. Qui donc a enlevé la bougie et les allumettes? Mère Rose! ton fieu t'appelle. Jean-Pierre réfléchit et il se souvient. Il est puni, puni de prison. Jean-Pierre éclate de rire. Il s'étire, bâille, il est très las d'avoir tant dormi.

Seul dans ce noir, il n'a rien à faire, rien à dire, il ne peut que penser. La bonne humeur se perd vite dans l'ennui. Il bénit la mère Rose. Elle se prouve, en ce moment, l'ingratitude du sort, envers le marin puni sévèrement pour une peccadille! Certes, les intermédiaires, marchands, rentiers, employés, tous les bavards amuseurs qui agissent peu et crient très fort sont les plus heureux.

On enferme un innocent dans une prison! Quels sont les vrais coupables en ce moment? Jean-Pierre se hâte de les choisir. Il les nomme : le commissaire de la marine et Ambroisine Papin. Ainsi le commissaire de la marine qui l'a condamné et une fille rebelle qui l'a retardé ont détruit, abîmé sa vie pour trois jours... Jean-Pierre serre les poings. Son indifférence sombre dans la grande colère qui le soulève, car jamais il n'a tant désiré la liberté, l'air vif de la rue. Il frappe la muraille, affolé par cette impossibilité de s'échapper.

Ah! cette gamine! cette fille de rien qui lui fait tant de mal, comme il la déteste!... Il se rassied, un peu de calme lui apportera la force de la mieux haïr. Par quel maléfice l'a-t-elle ensorcelé? Il ne pense qu'à elle.

Elle est rousse, terne et plate comme une plie, le plus terne et le plus commun des poissons; ses yeux verts roulent pareils à ceux d'un congre à l'agonie, et ses lèvres rouges ressemblent aux ouïes sanglantes du hareng frais. Ah! elle ne rappelle en rien sa sœur Catherine! Bien gréée, celle-là représente une vraie dame matelote. Et puis, elle est si capable!... Jean-Pierre compare longuement les deux sœurs, il désire si vivement humilier la cadette...

***

Le dimanche matin en sortant de prison, Jean-Pierre était plein des mérites de Catherine et de l'état de mareyeur vanté par sa mère; il débordait du dégoût d'Ambroisine et de la mer auxquelles il n'avait pas cessé de songer, et toujours son esprit associait et confondait ces deux ennemies de son repos.

Une tiède pluie d'été tombait et rafraîchissait les feuilles poussiéreuses; cette douce averse ne décrassait pas le visage noirci et l'âme attristée du garçon.

Il descendit vers la basse ville et, penaud, crotté, malheureux, il entra à la halle pour chercher sa mère. Rose faillit s'évanouir, devant son fils déguisé en vrai voleur. Catherine répondit au salut de Jean-Pierre : elle avait trop de courage pour mépriser Jean-Pierre malheureux. Déjà la belle fille, l'oreille guérie et le cœur généreux, s'adoucissait sans honte dans la pitié. Les marchandes restèrent à leur place par discrétion, mais bien des regards attendris suivirent la mère et le fils qui partaient en s'appuyant l'un sur l'autre. Les bavardes s'assemblèrent pour maudire le commissaire de la marine, les geôliers qui martyrisaient un innocent, une bête du bon Dieu, ce qu'il y a de meilleur au monde, un matelot.

— On les lapide, là-bas. Ils l'ont écarpigné. Avez-vous vu ses habits déchirés?

Ah! non, Rose, elle ne méritait pas ça!

Rose servit à son fils une large assiettée de bouillon et déboucha une bouteille de vin vieux. Ensuite elle savonna et nettoya Jean-Pierre.

C'était son enfant, son tout petit... et bel homme avec ça, aussi grand et bien bâti que défunt son père.

Elle lui passa une chemise blanche, lui mit ses habits du dimanche et, pour qu'il pût s'amuser et se distraire, elle lui donna dix francs.

— Ce bateau, ce *Surcouf* maudit, te tentera donc toujours ? Je voudrais le savoir au diable ! Et ce Cadet Oui-Oui avec. Elle a du vice et de l'adresse comme un vieux pilote. Avec tout ça, me voilà mal avec les Papin, avoua Rose.

— Comment ça ? interrogea Jean-Pierre. Tout à l'heure Catherine m'a dit bonjour.

Alors Rose raconta toute l'histoire de sa dispute avec Catherine.

Jean-Pierre était vexé, il se taisait; le soir même il comptait danser avec la belle Catherine au bal des Quatre-Moulins, mais il n'exposerait pas son amour-propre à l'humiliation d'un refus !...

— C'est bien de la faute de Marie Salette, s'excusa Rose. Elle m'en a tant dit. Les Papin t'avaient traité devant elle de bon à tout, propre à rien, alors mon sang n'a fait qu'un tour et j'ai voulu te venger. Cette Marie Salette, est une fausse, je ne l'entendrai plus !... Elle a au moins envie de Catherine pour son Baptiste. C'est que l'aînée de Papin n'est pas un lourd remorquage au bras d'un homme, elle ferait ton affaire, mon fieu... Enfin les parlages de Marie ne lui porteront pas bonheur, on dit que Baptiste est encore une fois malade !... Après cela, ce maudit bateau, il n'est pas encore revenu !... J'ai vu Micaille, il te prendra dans ses bureaux... A la mer, vois-tu, il n'y a qu'une porte de sortie. Elle est à cent lieues sous l'eau !... Ah ! mon pauvre fieu, tout va de quart ! Le hareng se vend si cher, ce n'est plus comme dans le temps, les jours maigres s'en vont, il n'y a plus de religion ! Autrefois le bourgeois, le vendredi, payait le poisson le prix fort !... Quel malheur, toi en prison, mon fieu !... J'aime autant ne pas savoir ce qu'ils t'ont fait, là-bas !... Si cette affaire t'a dégoûté de la mer pour toujours, je ne regretterai pas ton mal ni le mien ! J'ai grandement pleuré depuis trois jours.

Sans s'arrêter de parler et de se lamenter, Rose allait et venait, elle servait du café à son fils, lavait la vaisselle, jetait une brassée de bois dans la cheminée à saurir les harengs.

Elle se dépêchait de raconter et de travailler; lui, en vrai marin débarqué, silencieux et inactif, écoutait la femme.

— T'as peut-être raison, fit-il tout à coup, t'as raison : la mer, j'en ai assez, c'est par fantaisie que j'ai navigué.

Rose embrassa son fils.

— Ah ! dit-elle, vois-tu, mon Jean-Pierre, le principal, c'est de vivre; après cela, tu ne mourras pas faute d'une bonne position à terre, je me charge de te tirer de peine !...

Cependant, en s'éloignant de sa maison, Jean-Pierre ne chantonnait pas selon l'habitude des fieux contents qui vont au cabaret ou à la danse. Ses lèvres épaisses se fronçaient en grosse moue. Il était découragé. Il y avait au fond de lui comme de la honte. Honte de prisonnier nouvellement libéré ? Non, car Jean-Pierre songeait plus volontiers à l'avenir qu'au passé. Il avait l'âme lourde, il portait ce dégoût de lui-même qui accompagne ceux qui trahissent une amie; il n'osait par regarder la mer.

Rose, debout à sa porte, suivit des yeux, aussi longtemps qu'elle la put voir, la silhouette de son fils qui diminuait dans le lointain.

Tout était en ordre chez elle. Le dimanche, elle ne vendait ni hareng, ni liège. Rose prit un tricot et s'assit dans sa cuisine. Elle réfléchissait en travaillant. Et sa pensée, comme ses mains, joignait des mailles toutes tissées de même laine.

Jean-Pierre petit, Jean-Piere grand, le bonheur de Jean-Pierre, la fortune de Jean-Pierre, la vie de Jean-Pierre !...

Son Jean-Pierre !...

VI

La veste déboutonnée, la chaîne d'or balançant sur la poitrine, Jean-Pierre Malot montait la Grande-Rue. L'espérance du plaisir et de la danse le délivrait de sa tristesse; cependant sa démarche restait lourde !

Joyeux ou soucieux, toujours le marin foule le sol à regret. Ses pieds trébuchent, ses jambes raidies deviennent un compas. Parlez-moi au contraire d'un fieu avec de grosses bottes, un suroît et une cape, à bord d'un bateau !... Malgré le roulis et le tangage, il voltige, monte, descend. Le grément qui le protège contre le brouillard et les paquets de mer ne lui pèse guère.

Quelle voile soutenue par son armature a jamais entravé la marche d'un bateau léger ?... Elle le porte plutôt... Tandis qu'au navire échoué sur le sable et qui s'enlise, un quart à poche ou une manne vide deviennent de trop lourdes charges. Mais les écumeurs, pilleurs, ravageurs de la mer, engeance de la côte, le délestent et bientôt, si l'on ne le renfloue, les gueux lui tireront même sa carcasse en bois et son âme de fer. Le temps de l'escale, quand il dure trop, ne profite pas plus au bateau qu'au marin.

Jean-Pierre dépassa les murs des remparts, leurs abris d'ormes et de marronniers; il se trouva rapidement sur la route qui mène au bal des Moulins. La chaleur devenant lourde, plusieurs fois il épongea son front couvert de sueur. Il tournait instinctivement la tête du côté de la mer, il espérait un peu de fraîcheur. Au delà des cultures, très loin, un cercle d'argent, une étroite bande serrée entre la terre et le ciel suivait l'horizon et scintillait sous le soleil. Le vent soufflait du sud; il se chargeait de vapeur en passant sur les vagues. La brise soufflait pareille à une haleine chaude et humide. En vérité, la mer amoureuse du soleil se haussait vers lui. Elle montait en bruine, se condensait en nuée pour l'atteindre. Chaque beau jour, patiente et ardente, elle essaie la puissance de son désir toujours trompé. Car le nuage crève, et la pluie, sang de la mer, volonté du flot qui s'est soulevé au-dessus de lui-même, la pluie, descend sur la terre qui se nourrit et s'abreuve sans cesse de l'effort de cette mer éperdue qui veut embrasser le soleil.

Et Jean-Pierre, qui marchait vite, regardait

pour la première fois des couples prenant grand plaisir à faire durer la route.

Ils allaient doucement, l'un près de l'autre; la fille, les mains dans ses poches, balançait les jupes, et le garçon était tout penché d'esprit, de corps, vers sa compagne.

Ils riaient, parlaient, se regardaient et, alors, les lèvres souriaient tandis que leurs yeux se fixaient, calmes et profonds. Ils abritaient leurs cœurs au port d'un amour premier et bien partagé, avant de braver les tempêtes de la vie.

Or, tout à coup Jean-Pierre sentit une grande solitude en lui et autour de lui, il marchait dans le désert. Ah! quelle petite main viendrait s'appuyer sur son bras et le sauver du plus grand des naufrages : de ce naufrage de n'aimer que soi, qui engloutit les égoïstes!... Belle affaire d'avoir une mère Rose qui vous aime, un grand-père enrichi et une montre d'or dans le gousset, quand vous manque ce qui réjouit les plus pauvres et les plus laids!... Jean-Pierre Malot, âgé de vingt ans, n'avait pas de bonne amie!... Le garçon se trouva si ancien qu'il se demanda s'il n'était déjà pas trop tard pour choisir. La paresse et l'imprévoyance le perdraient!... Il mourrait dans la peau d'un de ces vieux garçons « teu-teu » et rancuniers qui ne sont bons qu'à entasser des sous et à tourmenter la jeunesse.

Mais, il y songeait, de son malheur, il n'était pas le seul responsable. Sa mère qui l'accouvetait, lui répétant sans cesse qu'aucune fille ne le valait, lui montait sur la tête un si gros orgueil. Seule une princesse aurait bientôt assez de longueur de bras pour y poser la couronne. Et, enfin, cette Catherine et sa belletée, et ses capacités dont la mère l'ennuyait depuis des mois, entortillait tous les fieux avec de belles paroles sans jamais rien promettre ni donner.

Tout juste devant Jean-Pierre, une fille, sans trop se cacher, embrassa son amoureux. L'effrontée!...

Une grande rougeur colora le visage de Jean-Pierre. Ce baiser qu'il n'avait pas reçu chauffait ses joues. Il sentait renouvelée la morsure des dents d'une craie. Ses peines, comme ses plaisirs, le ramenaient sans cesse à l'idée de ce Cadet Oui-Oui!...

On était sur le pré : au centre, les couples se bousculaient autour des musiciens. Des vieux formaient un cercle et admiraient la jeunesse. Des matelotes bien gréées, avec leurs bonnets tuyautés et la tige mince de leurs corps gainés dans de hauts corsets, représentaient un de ces champs pleins de pâquerettes bonnes à cueillir et à effeuiller. Les pauvrettes dansaient entre elles, car les jeunes marins naviguaient à la pêche du hareng d'été et les dames matelotes ne font pas petit pied et taille fine pour les ouvriers et les bourgeois de la ville.

Catherine Papin valsait en ce moment avec Micaille, le fils du mareyeur.

Elle dansait bien. Son buste rigide, sa tête droite tournaient par l'adresse de ses pieds agiles. Elle allait inlassable, grave, digne comme une de ces belles toupies ronflantes qui, non contentes d'amuser les enfants, forcent encore l'admiration plus désintéressée des grandes personnes.

Elle portait, comme un bateau, bossoir d'avant et d'arrière, et la coque, bien découpée par le mitan, accentuait mieux toutes ces rondeurs. Catherine ne représentait pas une méchante barquette à malvat, mais au moins un de ces beaux bricks qui font envie à tout le monde, au terrien et au marin; bien des regards avides suivaient la belle matelote et son cavalier.

Jean-Pierre songea avec satisfaction que tout à l'heure, lorsqu'il danserait avec Catherine, on le jalouserait; cette satisfaction de vanité, qu'il savourait d'avance, emporta toute sa mauvaise humeur contre la belle marchande avisée et coquette qui traitait des clients en amoureux, et des amoureux en clients.

Une inquiétude le saisit tout aussitôt! Et la bataille entre sa mère et Catherine?... Sûrement Catherine repousserait son invitation, et cette pensée du refus possible de Belle-Grâce attaqua si violemment son orgueil qu'un instant il crut vraiment que tout son avenir, tout le bonheur et le malheur de son existence future, dépendait de Catherine.

Il s'avança vers elle, ému, tremblant; sa mine déconfite était celle d'un amant transi; Catherine s'attendrit. Elle lui sourit de son sourire habituel, les lèvres froides et les yeux câlins. Jean-Pierre la prit par la taille et l'entraîna, mais l'air servile de la belle marchande et une victoire sans doute trop facile lui enseignèrent de suite le dédain. Le garçon reprit tout son aplomb de jeune marin bien pourvu et gai compagnon.

Et pendant ce temps Marie Salette qui se réjouissait de la brouille survenue entre les familles Papin et Malot!... Cette fois encore, le destin aidait au repos du pauvre Baptiste bien inquiet.

Jean-Pierre et Catherine tournaient en cadence. Ils paraissaient calmes et pleinement satisfaits, ils ne se regardaient pas avec de ces yeux qui se cherchent et s'épient. Catherine songeait surtout à la bonne position des Malot dont lui parlait souvent sa mère. Elle trouvait le garçon un peu jeune, mais enfin, faute de mieux, elle s'en contenterait!... Jean-Pierre pensait à sa mère qui le poussait toujours vers Catherine. L'entente pour un mariage se ferait facilement entre les familles. Quand un garçon se souvient de sa mère en admirant une fille, le temps de déranger le bijoutier pour l'anneau des fiançailles n'est pas venu. La danse finie, Jean-Pierre retourna vers le groupe des jeunes filles et Catherine s'envolait déjà dans les bras d'un autre.

Elle dansait avec calme, méthode; aussi ne se lassait-elle jamais.

La nuit descendait sur la campagne, on alluma des lanternes vénitiennes et des lampes et le bal continua aux lumières.

Jean-Pierre et Micaille se disputèrent l'honneur de régaler Catherine. Elle accepta des pommes de terre frites, des tartines beurrées, des gaufres. Elle but une grande tasse de café au lait. Après cela, Catherine, ne voulant pas trop s'attarder, parla de rentrer à la ville.

— Je vous accompagnerai, offrit poliment Jean-Pierre sans espoir d'être agréé.

Catherine ménageait tous ses danseurs, elle n'acceptait la longue compagnie d'aucun. Elle rentrait avec des amies.

Les filles peut-être vexées de n'avoir pas dansé tandis que Catherine voltigeait de cavalier en cavalier, lui avaient joué le tour de partir sans l'avertir.

Catherine, pâle de rage contenue, se résigna. Il fallait revenir toute seule avec Jean-Pierre. Le fils du mareyeur saluait, se dérobait. Catherine rougit de dépit!...

— Venez, fit-elle sèchement à Jean-Pierre, qui attendait ses ordres.

Il la suivit sans hâte et sans joie. Ils marchèrent ainsi un moment et ce fut Catherine qui, la première, rompit le silence.

— Je n'ai pas de chance pour l'instant, dit-elle, moi qui ne contrarie jamais personne, je n'ai que des ennuis. Comptez un peu, Jean-Pierre, si c'est mon affaire de me disputer avec le monde; je ne suis pas une poissarde... L'autre jour votre mère m'en a dit!... Ah! je ne lui en veux plus. C'est fini. Après cela, toutes ces filles de rien me laissent en arrière! Non, ça n'est pas bien de leur part.

Catherine s'exprimait avec tant de correcte dignité qu'en l'écoutant on oubliait le son de sa voix dure.

— Bon, fit Jean-Pierre froissé, ma compagnie vous déplaît donc bien? Vous êtes cependant d'âge à accepter la conduite d'un garçon! Un homme ne devrait plus vous faire peur!

Le ton était rude, grossier même. Jean-Pierre rappelait à Catherine qu'elle atteindrait bientôt l'âge de vingt-cinq ans, âge que les filles n'aiment guère aborder sans la compagnie d'un mari ou d'un bon ami.

Il y eut de nouveau un silence; enfin, sollicitée par des pensées d'établissement, Catherine exposa ses idées sur l'existence et le mariage :

— Le tout, dans la vie, Jean-Pierre, c'est d'avoir une position qui convienne. Il ne s'agit pas d'entreprendre au-dessus de ses moyens et de ses capacités. Pensez-vous, Jean-Pierre, que j'aimerais accepter la charge d'être dame d'armateur? Moi qui ne donnerais pas assez à cet homme pour acheter et gréer un seul bateau! Pour s'entendre en ménage, il faut calculer, apporter et recevoir!...

Jean-Pierre écoutait ces propos de sagesse en baissant la tête. Il était dépaysé!... Ne devait-on pas concentrer toute attention vers la terre pour ne jamais buter sur un caillou ou tomber dans un fossé? Là-haut il y avait des étoiles, un ciel bleu, des ombrages; l'air sentait bon et, au revers des routes, un tendre gazon invitait au repos et à la causerie. Que de jeunes couples s'asseyaient là et attendaient un peu pour « miler » la belle nuit avant de rentrer à la ville! Et tout cela ne devait pas exister pour Jean-Pierre le matelot et Catherine la marchande. En voyant ces fantaisistes, elle avait des moues de mépris et des gestes dégoûtés.

— Tout ça, conclut-elle, s'adressant à son compagnon en désignant les amoureux, c'est des bêtises.

— Alors, ne dites pas que le mariage vous tente, fit Jean-Pierre, non sans effronterie.

— Si vous appelez ça le mariage! s'écria Catherine; non, des amourettes, je n'appelle pas ça le mariage. Un homme dans une maison, c'est le bon Dieu, et, on a beau être capable, on ne saurait pas toujours s'en passer pour les affaires. Moi, j'ai su me donner une position et ainsi, bien que mes parents aient plus d'honneur que d'argent, je pense encore trouver quelqu'un de convenable!... Quand j'aurai des enfants, je veux qu'ils trouvent le nid tout fait, ils n'iront pas les pieds nus chercher à crabes et à moules, et c'est là le principal!...

— Vous pensez trop loin, vrai! mademoiselle Catherine, fit Jean-Pierre; avant de cajoler des petits, il faut au moins caresser le père. Enfin vous voilà arrivée. Adé, bon portage et à la prochaine fois.

La porte des Papin se referma et Jean-Pierre descendit la colline en courant. Il ne regrettait pas la compagnie de la belle. Il s'arrêta pour respirer la brise. Les deux phares des jetées étincelaient sur la mer que piquaient les feux des bateaux naviguant en vue du port. Puis, tout à coup, les éclats du Gris-Nez confondaient et enveloppaient dans leur lumière blanche ces moindres clartés. Mais, rouges, bleus, verts, il suffisait d'avoir de la patience pour les revoir. Les étoiles qui, du firmament, guettaient tout ce manège, ne s'ennuient pas, songeait Jean-Pierre. Est-il rien de plus attrayant à voir qu'un avant-port pour un fieu qui connaît les chemins de la mer, la manœuvre et le vent? Ce spectacle-là vous parle à la fois de départ et d'arrivée. Après la pêche et les gros temps, qu'il est doux de s'abriter au port; mais, lorsque la calmenne s'annonce, il fait bon, en s'éloignant, de forcer la chance... Pendant ce temps, comme les femmes vous aiment et vous espèrent!...

Jean-Pierre soupira. Il s'ennuyait à périr. Ne reviendrait-il jamais, le *Surcouf*, pour l'emmener loin? Hélas! le *Surcouf* ne reviendrait que lesté de sa bonne prise de harengs. Jean-Pierre, sans bateau et sans bonne amie, était le plus malheureux de tous les fieux. Ainsi, comme punition, la prison ne suffisait pas; pendant plus de huit jours peut-être, il lui faudrait regretter travail et compagnons.

Tout cet ennui lui venait d'une gamine, de la sœur même de cette Catherine qui venait de le corriger de l'amour et pour toujours. Cette Ambroisine, il la détestait. Il voulait naviguer encore, naviguer toujours!...

L'âme bouleversée et l'esprit chagrin, Jean-Pierre rentra au logis où sa mère l'attendait.

— Eh bien, questionna la mère anxieuse, as-tu vu Catherine? Vous êtes-vous parlé? C'est que ça tomberait comme lard en pot, une fille qui sait gagner sa vie au moins!...

— Catherine? lança Jean-Pierre, quelle Catherine? Elles ne manquent pas les Catherine, pour ce que j'en veux faire... Crois-tu que je n'aurai pas la force et le courage de nourrir ma femme, le jour où j'en aurai une?

— Elle me garde rancune, elle n'a pas voulu t'écouter!...

Rose joignait les mains prête à pleurer. Sûrement un affront de la belle Catherine avait blessé son fils.

— Elle a dansé avec moi, rassura le fieu.

Tant d'idées galopaient, se choquaient dans la pauvre tête de Jean-Pierre. Il ne saurait pas les exprimer, et sa mère ne le comprendrait pas. Il prit le parti de se taire, il embrassa mère Rose et se réfugia dans son lit. Il fermait les yeux, faisant semblant de dormir pour être seul. Mais des larmes contenues picotaient le bord de ses paupières. Une grande inquiétude l'agitait et le tenait éveillé, il se tourna vers le mur. Il pleurait sans savoir trop pourquoi. Les gouttes tièdes, les gouttes lourdes rafraîchissaient un peu ses pauvres joues rouges et brûlantes qui se consumaient du désir d'être embrassées par des lèvres fraîches.

VII

La cloche du marché à la criée sonna longuement, elle annonçait une grosse vente.

De la halle, des quais, les mareyeurs, saleurs, amateus et curieux accouraient. Des « rats de quais », gamins déguenillés, aidaient les matelots qui descendaient les mannes alignées sur de grandes voitures. Le crieur et ses hommes étalaient d'énormes poissons sur les dalles du marché.

Une centaine de grondins fameux, gros comme des dauphins, avec leurs yeux effrayants et leurs têtes en cuirasses représentaient une armée rangée pour la bataille. Des congres énormes s'enroulaient les uns dans les autres pareils aux puissantes amarres des vaisseaux de guerre, des raies grises étendaient des ailes amples comme des fanons de baleines. Il y avait aussi de ces poissons nouveaux que les marins appellent saumons blancs. En vérité, ils apparaissaient longs à les confondre avec des barquettes de canotiers, la chair blanche et ferme d'un de ces monstres régalerait toute une escouade.

Enfin, ce fut au tour de la broutille et du fretin. Les maquereaux étaient grands comme des bars; des soles avaient toute l'épaisseur du turbot et les jean-dorés auraient fait honte à la belle barbue.

Cette pêche miraculeuse encombrait les quatre carrés du marché!...

Une fraîche et sapide odeur de marée flottait dans l'air. Les couleurs les plus brillantes paraient les dos, les ouïes, les nageoires, les ventres des poissons de toute première qualité!... Les raies montraient des retroussis roses comme des fleurs, les maquereaux bleus et verts étaient aussi potelés, unis et nuancés que des cous de canards de Barbarie. Le fauve des peaux de soles et de saumons blancs gardait l'aspect luisant du pelage des bêtes fourrées qui trottent en liberté, les congres bleus jetaient l'éclat du métal astiqué par la plus soigneuse des ménagères.

Et tout cela provenait d'un seul bateau! Les femmes, les hommes se bousculaient autour de ce coup de filet, un vrai coup de fortune. Cette pêche appartenait à un de ces vastes chalutiers à vapeur de la Société d'armement. Chaque prise de ces géants de la flottille révolutionnait le marché!... Les deux navires de la Compagnie ne s'arrêtaient jamais, ils avaient coûté des centaines de mille francs, disait-on, et ils étaient également armés pour la grande pêche et la pêche à la traille. Ils n'attendaient pour partir ni le vent ni la marée, c'était la force de la vapeur qui les entraînait loin vers des coins inexplorés; leurs filets puissants, manœuvrés par des machines, descendaient sous les courants au fond de ces paisibles retraites dans lesquelles s'abritent et s'engraissent les poissons-rois. Ainsi, avec une vingtaine d'hommes à bord, ils prenaient davantage de poisson que dix bateaux ordinaires.

Le silence de la tristesse régnait parmi les matelots assemblés; ils regardaient. Ils sentaient leur vie menacée.

Jean-Pierre Malot lui-même paraissait soucieux. C'était donc vrai ce que racontait parfois la mère Rose. Bientôt il ne faudrait plus que des marchands pour acheter et expédier le poisson. Pour ne pas mourir de faim, le matelot deviendrait ouvrier. Certains armateurs débarquaient déjà des hommes. Dans cette lutte entre le capital et la main-d'œuvre, que de malheureux seraient écrasés! Beaucoup, comme le pauvre Baptiste Salette, ne s'acclimateraient pas à la vie de terrien! Que deviendrait aussi la flotte de l'Etat sans les inscrits maritimes qui protègent les côtes françaises!

En ce moment Rose ne se doutait guère des préoccupations de son fils, debout à l'entrée du marché à la criée, elle admirait son garçon!... Il était là, il s'intéressait à la vente et la belle Catherine lui envoyait des sourires. Son Jean-Pierre renoncerait à la mer et il vivrait vieux en vrai bourgeois.

— Vivre vieux, vivre vieux! grommelait grand-père Nicolas, lorsqu'elle lui exprimait ses désirs. J'ai assez navigué... et je suis jeune, peut-être?

Toute sa face aux innombrables rides se plissait dans un rire de malice. Dans les naufrages, abordages, aventures de mer, que de fois il avait trompé la mer vorace!... Il gardait pour son ennemie désarmée beaucoup de tendresse et un peu de mépris. Il ne la craignait pas pour son petit-fils, celle qu'il ne redoutait pas pour lui-même autrefois.

Il se taisait, car facilement des larmes montaient aux yeux de Rose. Son précoce et pénible veuvage lui rappelait à tout instant les périls et les sinistres de la mer.

Elle abandonna son étal pour se rapprocher de Jean-Pierre qui examinait le poisson. Micaille le mareyeur, penché près de lui, l'écoutait. Il hésitait devant un lot de grondins.

— Achetez, conseillait Jean-Pierre, vous n'en verrez pas tout de suite des pareils. Le vent s'endort et la traille ne donnera plus guère cette semaine!...

Le crieur lançait des chiffres, bien des bateaux attendaient la fin de cette formidable vente pour offrir leur pêche. Lassé de la vente et du commerce, Jean-Pierre se dirigea vers les quais où il vivait plus à l'aise. Il s'informa du prix du hareng salé. Des marins le débarquaient à tonnes pleines, mais il ne se vendait pas à la halle. Les saleurs l'achetaient directement pour le saurir. Il est si bon le hareng d'été!... Le craquelot frais fumé est doux, sa chair épaisse et fine vaut le jambon, le gigot, les meilleures et les plus fortes nourritures. Le marin, qui s'en régale, mangerait sans ennui sa demi-douzaine au repas du soir!...

Dix heures sonnaient. Jean-Pierre bâilla. Il ne savait que faire pour se distraire. Il s'arrêta un instant au banc des retraités et salua les vieux; puis il marcha vers la jetée. Sa tête était vide; à défaut de sa volonté, ses jambes le conduisaient du côté de la mer. Il descendit sur la plage et il longea le bord de l'eau.

Le flot de l'étal en s'éloignant abandonnait dans le sable blond des lacs azurés. Des bancs de roches émergeaient et tachaient de sombre la plage claire.

De la falaise, de la route, descendaient des femmes et des filles qui suivaient la marée. Leurs jambes étaient solides et nues; elles portaient en sautoir de vastes filets ou des mannes. La tête et le corps enveloppés d'étoffes caoutchoutées, elles avaient, en guise de ceinture et de parure, les cordes de chanvre qui tenaient leurs vêtements. Elles se groupaient pour rire et bavarder. Les moulières et les pêcheuses de crevettes sont souvent effrontées; elles interpellèrent Jean-Pierre.

— Hé! tit fieu, viens-tu avec nous?

— Guettez-moi ça, il a des pattes de coq d'Inde, cria une vieille en avançant les bras et la tête. Elle singeait l'attitude de lent découragement qui affaissait tout le corps de Jean-Pierre.

Jean-Pierre poursuivait sa route, insensible aux avances, sourd aux moqueries, et il arriva ainsi au chemin de roches qui joint la pointe de la Crèche.

Il était seul, bien seul avec la mer qui battait et respirait devant lui. Il soupira d'aise, car il lui semblait voguer sur un bateau léger. Assurément la manœuvre et les camarades manquaient à l'appel, cette fois, mais devait-il se montrer trop exigeant avec la chance? Il était seul avec la mer, la compagnie lui suffirait!...

— Hé! bonjour Jean-Pierre Malot! cria une voix railleuse.

Jean-Pierre négligea cet appel; une des moulières l'avait suivi. Il ne regarderait plus jamais une fille, l'engeance du diable, qui l'agaçait.

— Bonjour, Jean-Pierre, reprit la voix, vous avez du coton dans les oreilles!

Le garçon ne voulait rien entendre!...

— Hé! Jean-Pierre, bonjour!

Et une main de fillette, tant elle était petite, effleura timidement le bras de Jean-Pierre. Pareille audace méritait un châtiment. Jean-Pierre se tourna avec une telle brusquerie que tout de suite Ambroisine Papin se sauva. Elle sautait de roche en roche, elle s'éloignait en courant. Aussitôt protégée par la distance, elle s'arrêta. Le pauvre Cadet Oui-Oui tremblait et Jean-Pierre, confus, baissa la tête. La frayeur de la fillette lui rappelait une mauvaise action et il avait honte de lui-même. Pour dominer son envie de lui crier : « Pardon! » il lui fallut appeler à l'aide l'âpre souvenir de la morsure de la petite et celui non moins vivace de ses trois jours de prison, attrapés parce qu'il avait poursuivi cette fille rousse, terne et plate comme une plie, le plus vilain et le plus commun des poissons.

Ambroisine raisonna sa crainte et elle résolut tout simplement de continuer sa pêche. Pourvue de son bâton muni d'un crochet de fer, qui, au besoin, saurait la défendre contre une nouvelle attaque de Jean-Pierre, elle fouillait dans l'eau laissée par la mer aux intervalles des roches... Elle se baissait, disparaissait, puis, tout à coup, elle remontait et se tenait en équilibre sur des pointes couvertes de grasses plantes marines. Sa jupe marron, fouettée par le vent, avait des balancements de voile sur ses jambes hâlées et nues. L'ovale de son visage était bien celui d'une de ces madones sculptées dans les bois du Nord, et qui servent de proues et de protectrices aux vieux bateaux norvégiens et hollandais.

Mais les deux yeux de Cadet Oui-Oui, qui guettaient les crabes et les homards, luisaient d'ardeur farouche, sa bouche ouverte était toute pareille à une fleur gonflée de la pure sève de l'arbre qui monte sous les premiers rayons d'un soleil printanier. Elle court au bout des branches, cette belle sève, pour mieux tenter l'amour qui en fera un fruit.

Ces yeux vifs, ces lèvres écarlates et toute cette force lumineuse qui animait la petite attiraient Jean-Pierre. C'était comme une ardente flamme de vie qui l'éblouissait. Jean-Pierre, sans trop savoir ni pourquoi ni comment, obéit au mouvement instinctif qui le poussait encore vers le Cadet Oui-Oui!... Il se tenait debout près d'elle et la pêche occupait tant la fillette qu'elle ne sentait pas la présence du garçon. Ambroisine troussait très haut sa jupe courte, elle l'attacha et descendit dans l'eau. Elle tassait, épiait, et elle jeta sur la roche trois de ces énormes huîtres qui s'appellent des huîtres pied de cheval. Elle remonta et se trouva devant Jean-Pierre qui admirait les pieds et les jambes solides de la petite. Elle poussa un léger cri et détacha sa jupe.

Ils restaient embarrassés et silencieux, debout l'un en face de l'autre. Ambroisine n'avait plus peur, — Jean-Pierre la regardait avec tant de douceur! — et la fillette demanda :

— Alors vous n'êtes pas fâché contre moi? Vous ne m'en voulez plus, nous sommes amis?

— Amis, bien sûr que nous sommes amis, répondit-il sur un ton protecteur.

Il se trouvait très grand, très vieux, très sérieux près de cette gamine blonde qui implorait son amitié. Une allégresse calme et profonde inondait toute l'âme du Cadet Oui-Oui.

— Amis, amis, fit-elle avec gravité, amis, c'est quelque chose d'être amis, le savez-vous, Jean-Pierre? Amis, c'est penser à qui l'on aime quand on est loin sur la mer; amis, c'est se souvenir de qui navigue là-bas!...

Elle étendait les bras vers la mer et ce fut au tour de Jean-Pierre de se sentir penaud et tout petit devant cette gamine qui disait de tendres paroles.

Il inclina la tête et répondit :

— Etre amis, c'est quelque chose! à cette heure, je le comprends.

Certainement, cette Ambroisine, à laquelle le matin même il ne songeait pas sans haine, avait plus d'une chose à lui apprendre et à lui conter, et il se sentait trop désireux de connaître toute sa science pour refuser de l'écouter.

— A présent, dit Ambroisine rieuse, vous allez m'aider. Les marées de vive eau, c'est une vraie fortune. Ça laisse de quoi lester un navire. Regardez ce que j'ai déjà.

Ambroisine, dans l'excitation de sa belle prise, entr'ouvrit pour Jean-Pierre un sac de grosse toile au fond duquel grouillaient des bêtes noires, jaunes, vertes, des crabes, de vrais tourteaux, tant ils étaient lourds, poilus et vivaces.

— Comptez un peu, Jean-Pierre, si je ne gagne pas mieux mon temps ici qu'en atelier ou aux halles ? J'en prends ! j'en prends tant que j'en veux. J'aurais des sous si je voulais les vendre. Catherine se moque de moi quand je dis ça. En voilà une affaire, mais ça m'est égal !...

Cependant le visage de Cadet Oui-Oui démentait ses paroles d'indifférence, tous ses traits grimaçaient dans une moue d'enfant têtu et rageur, et, de se juger très supérieur à cette gamine, Jean-Pierre ne l'en aima que mieux.

— Vous ne prétendriez pas courir à moules toute votre vie, observa-t-il, vous ne resterez pas toujours une gamine bonne à faire rire les gens. Tout cela, c'est bien pendant quelques années et, après, il faut travailler comme les autres et puis prendre goût à la belletée, à la danse, au ménage, au ramendage des filets, enfin, devenir une fille.

Devenir une fille !...

— Je suis peut-être un garçon, riposta aigrement Ambroisine, espèce de marin d'eau douce, pourquoi que vous n'êtes pas à votre bord ?

— Ça c'est bien à vous de me reprocher d'être ici !...

— J'irai à moules tant que ça me plaira, conclut Ambroisine.

La fillette fixa le sac lié entre deux roches, elle reprenait la pêche et, pour cela, effrontément et sans gêne, même avec un air de défi, elle retroussa et noua sa jupe très haut devant Jean-Pierre décontenancé.

Ambroisine cherchait dans l'eau en sifflant hardiment un air.

Jean-Pierre était indigné; il faillit se fâcher, fuir et parjurer son serment d'amitié. Mais après l'avoir attiré, cette Ambroisine le retenait. La fille et toutes les variétés de ses sensations de désir, de joie, de colère, de timidité qu'elle lui apportait, le sauvaient de ce morne ennui qui s'abat comme une chape de plomb sur le marin débarqué.

L'air était doux et Ambroisine bavardait d'une voix claire !

Les deux plaisirs de contrarier Jean-Pierre et d'être près de lui tenaient fortement Ambroisine, elle poursuivit la pêche avec assez d'ardeur pour oublier sa mère et le dîner. De son côté, Jean-Pierre, vexé et content tour à tour, omit de songer au dîner et à sa mère.

La grosse voix du bateau d'excursionnistes, la *Madeleine*, leur annonça l'heure. Ambroisine poussa un cri. Souvent la gamine, emportée par ses jeux, avait manqué l'heure des repas; aujourd'hui la légèreté d'Ambroisine et la pêche des crabes et des huîtres renversaient la marmite de toute la famille Papin. Elle préparait les repas de la mère, du père et de la belle Catherine. Une angoisse de ménagère en faute tenailla Ambroisine et elle lança son plus méchant regard au complice qui avait l'audace de s'amuser !...

Jean-Pierre Malot riait !...

— Vous vous en fichez, vous ! s'écria Ambroisine. En revenant de la halle, Catherine et ma mère n'ont rien trouvé à manger. C'est moi qui fais la soupe.

— Elles peuvent cuire leur soupe, riposta Jean-Pierre indigné. Alors, c'est vous qui cuisinez à la maison ?...

— Dame ! fit Ambroisine résolument. Catherine a besoin de ma mère à la halle.

Ainsi, Catherine, sa belletée, ses capacités que toute la marine admirait asservissait cette gamine qui travaillait en jouant, sans en tirer ni honneur ni profit ! Jean-Pierre arracha à Ambroisine le sac trop lourd pour ses épaules frêles.

Il partagerait sa peine, il l'aiderait, flétrirait devant tous l'égoïsme de la mère Papin et de Catherine. Justice serait rendue à la roussette qui engraissait la grosse perdrix de mer.

Les coups tombaient drus sur les épaules de Jean-Pierre. Toutes ces tapes ne le blessaient pas, il tendait le dos, prêt à ronronner comme un chat caressé, il voulait même remercier celle qui lui accordait les friandises de l'amitié.

Jean-Pierre se tourna et il reçut en plein visage le poing d'Ambroisine; c'était sérieux, le Cadet Oui-Oui ne plaisantait pas. La face blonde, couleur de miel, devenait livide.

Elle était farouche pour défendre le sac que lui volait Jean-Pierre.

Jean-Pierre avait envie de pleurer; c'était fini, il n'inspirerait jamais aucune confiance à la fille. Elle soupçonnait même les intentions les meilleures. Elle se souviendrait toujours du brutal qui l'avait attaquée et menacée; Jean-Pierre souhaitait justement par-dessus tout au monde l'amitié de cette révoltée, sauvage, mal peignée qui, sans contredit, n'avait aucune de ces gentillesses qui séduisent les garçons !... Jean-Pierre avait une mauvaise tête et l'esprit tout à l'envers. Catherine, la merveille, et l'existence d'employé, les deux tentations de tous les fieux de la marine, le rebutaient également.

— Mon sac ! mon sac ! criait Ambroisine.

— C'est pour vous aider, affirma Jean-Pierre.

— M'aider ?...

— C'est mon idée, reprit Jean-Pierre, je vais avec vous et je vous rendrai le sac à votre porte.

Il paraissait sincère, il était calme et ne cédait pas. Ambroisine se résigna.

Ses pieds nus et roses sautaient avec agilité sur les roches; à la dernière, elle glissa sur le sable blond et une minute elle disparut. Jean-Pierre se précipitait derrière elle. Était-elle blessée ? Elle attendait cachée et, quand elle vit, penchée au-dessus d'elle, une grosse tête brune au visage inquiet, elle éclata de rire. Ce rire n'était pas que taquin. Tout au fond, au creux de sa gaîté, sonnait un air très joyeux et un peu ému.

— Ah ! que j'ai eu peur ! soupirait Jean-Pierre.

Comme il avait dit ça !... Ambroisine savourait son bonheur. Il est doux d'avoir la grande puissance de tourmenter un garçon, et un garçon qui n'était ni un ladadious, ni un paresseux, ni un rebuté, mais l'espérance des plus belles et des plus capables. Un fieu jovial, marin fini, fort des bras et même de l'esprit, bon fieu, mais assez mauvaise tête, enfin un de ces fieux dont les filles pensent du bien et disent volontiers du mal.

Ils avançaient sagement tous les deux.

— Alors, comme ça, questionna Ambroisine, vous voilà à terre pour longtemps ? On vous reverra ? continua le Cadet Oui-Oui.

— Ça n'est pas certain, dit le garçon, tout fier à l'idée d'être prié.

— Certain !... je suis sûre de ne pas vous revoir, répliqua Ambroisine vexée, je vais peut-être passer mon temps à vous tenir compagnie.

— Ce serait grandement votre devoir, assura Jean-Pierre.

Il dissimulait sa déconvenue.

— Mon devoir ?...

— Oui, mon devoir, c'est pour vous que j'ai manqué le départ et passé trois jours à la prison. Si vous m'aviez embrassé quand je vous l'ai demandé, je serais loin à cette heure. C'est sans plaisir que mon idée s'est portée sur vous tandis que j'étais enfermé dans une cellule. Qui m'aurait dit que je vous retrouverais et vous parlerais de bon cœur !...

— De bon cœur ! éclata Ambroisine, de bon cœur ! Je ne suis pas de bon cœur, moi, ni décidée à vous embrasser aujourd'hui encore !...

— Je ne vous demande rien, fit Jean-Pierre. C'est moi qui suis de bon cœur et vous, vous êtes mécontente. Je me console, le vent et l'humeur des filles tournent vite, si ça n'est pas aujourd'hui, comme vous dites, ce sera donc pour plus tard. Puisque nous voilà arrivés, je vous laisse. Adé, bon portage et à nous revoir.

— Au revoir, Jean-Pierre.

La maison était là toute droite devant eux, le temps avait passé si rapidement et ils avaient si peu mesuré la longueur du chemin !... Il leur semblait vraiment que c'était lui qui avait fait la route et marché au-devant d'eux. Tandis que Jean-Pierre s'éloignait, Ambroisine soupirait. Il fallait donc rentrer !...

La mère Papin, debout derrière la porte, attendait sa fille. Ce fut donc une bonne gifle sur la joue qui accueillit Ambroisine.

— Gamine à garçons ! Un de ces jours je te ferai honte devant tout le monde. Et ce soir, ta sœur Catherine va à la foire, le souper doit être prêt de bonne heure, je t'en avertis !...

Marie Papin arracha à sa fille le sac et la manne. On mangerait les crabes et les moules le soir, décida-t-elle. Quant aux huîtres, Catherine les vendrait à des clients.

Ambroisine avait reçu beaucoup de taloches. D'habitude, elle se frottait la figure et n'y pensait plus; mais, cette fois, les paroles de sa mère brûlaient son âme bien mieux que des mains sèches sa peau tendre. La gamine se révoltait. Catherine irait à la foire s'amuser, retrouver un bon ami !... Tout était pour Catherine, au Cadet Oui-Oui, il ne restait jamais rien. Rien ?... Rien que la mer, les roches noires, et pas même cela, puisque maintenant la mère la trouvait assez grande pour la priver de liberté.

Ah ! mais non ! Ambroisine en avait assez, tout à coup. C'était en elle un bouillonnement de son sang vif, plein de la mer aux rages soudaines !... Elle ne se soumettrait pas plus longtemps et les gens verraient bien aussi de quoi elle était capable.

Elle sautait de roche en roche (p. 15).

Elle prit les huîtres, la manne sans dire un mot, elle se dirigea vers la porte devant sa mère interdite.

— Où vas-tu encore ? cria Marie Papin.

— J'ai mon idée, répondit Ambroisine très calme. Travailler sans profit, être battue, j'en ai assez. Je veux être traitée comme les autres filles de mon âge. La foire, la belletée, le bal pour Catherine, bien... et pour Ambroisine, rien ! j'en ai assez !...

— Reste ici ! ordonna la mère.

Mais le Cadet Oui-Oui lui glissa hors des mains et s'enfuit.

Elle courait et descendait vers la ville.

La mère rentra, haussa les épaules. S'inquiéter ! Pourquoi ? Mieux qu'un long prêche, le grand air calmait l'humeur changeante des filles !...

VIII

En descendant la colline, Ambroisine couvait son idée. Plus heureuse que Perrette portant de ces pots de lait qui, au premier choc, renversent avec le liquide les plus belles espérances, la manne et le sac contenaient des crabes qui valaient... Combien valaient-ils ?...

Au moins trois sous la pièce, jugea Ambroisine; et quant aux huîtres, elle ne les céderait qu'une à une. Elles étaient si grosses, une seule contenait une douzaine de ces méchantes huîtres d'Arcachon dévorées par les clients de la belle Catherine !...

Et tout cet argent qui, tout à l'heure, sonnerait dans la poche d'Ambroisine !... En imagination, elle le comptait déjà; elle songeait aussi au plaisir de le dépenser. Elle achèterait des souliers fins, un châle de soie avec des effilés. Elle irait au bal toute parée. Elle danserait en mesure avec des garçons qui, ensuite, lui offriraient des pommes de terre frites et des gaufres qu'elle mangerait du bout des dents avec des mines dégoûtées. Enfin elle deviendrait une vraie fille, selon le désir exprimé par Jean-Pierre. Ambroisine voyait évoluer devant ses yeux un Cadet Oui-Oui transformé en demoiselle !... Qu'elle était belle et aimable ainsi !... Jean-Pierre l'invitait pour la valse; elle baissait les yeux, souriait, il l'enlevait dans ses bras et elle tournait avec la légèreté d'une déesse, toute pareille à celles que l'on voit au théâtre. Livrée à son rêve, Ambroisine marchait le nez levé, et ses pieds nus butèrent contre le trottoir. Aïe !... Douloureuse épreuve !... La fillette se consola ensuite du dommage, qui n'atteignait pas la marchandise. Cette minute d'arrêt donna à son enthousiasme le temps de réfléchir. Comment vendrait-elle ses huîtres et ses crabes ?... Les crabes cuits s'écoulaient aisément en les offrant aux ouvrières qui sortaient des fabriques de plumes à midi. Ambroisine n'avait pas de poivre et de feu dans sa poche pour donner à ces bêtes grouillantes la belle couleur chaude de la braise !... Il y avait bien les portes de la halle où les moulières proposent leur récolte à des clients économes. La halle appartenait à la belle Catherine, et Ambroisine n'affronterait pas les railleries dont sa sœur la régalerait en la voyant transformée en marchande. Pour l'humilier, l'aînée savait trouver d'autres mots piquants que le ridicule sobriquet de Cadet Oui-Oui.

Ambroisine sonnerait-elle directement aux portes des maisons bourgeoises pour demander aux servantes :

— Des crabes, des huîtres toutes fraîches ?

Elle n'oserait jamais se présenter ainsi qu'une mendiante qui implore des sous, ou un enfant qui espère un « gai noël ».

Ambroisine gardait au cœur une grande fierté de jeunesse, laissée entière par son enfance sauvage et rude. La ressource dernière était de se promener lentement au milieu de la rue Thiers et de la rue Victor-Hugo, de crier de toute la force de ses poumons :

— Crabes, la... ou... ou !...

Les ménagères s'empresseraient autour d'elle et s'arracheraient les huîtres et les crabes.

Ambroisine ouvrit la bouche pour essayer sa voix, mais le retentissant « crabes... la... ou... » s'arrêta au fond de son gosier. La timidité, fée malicieuse, anéantit les meilleurs courages.

Alors Ambroisine tourna la tête vers le quartier marin. Là, au milieu des siens, elle se sentirait plus à l'aise. Les rues en escaliers avec leurs maisons étroites et profondes, les pierres grises, les loques rousses qui séchaient aux fenêtres et se balançaient comme des voiles, des bassins posés familièrement sur les degrés et dans lesquels la morue dessalait, les chiens de mer qui séchaient pendus aux fenêtres, et les enfants, de la broutille agile comme de la crevette dans l'eau vive, et les mères actives qui battaient dans les cuviers l'eau mousseuse de savon, petits panaches qui ressemblaient lointainement à l'écume des hautes mers, tout cela, c'était encore de la marée !... Dans ce milieu, Ambroisine se débattrait avec l'aisance d'une petite anguille qui cherche sa nourriture dans le flot paisible d'une port.

Elle vendrait moins cher qu'à de riches bourgeois, mais elle risquerait sans angoisse un premier pas vers la fortune; plus tard, mieux affermie, elle irait vite et la joindrait certainement au plus court tournant de la route.

En passant près de la fontaine, Ambroisine s'arrêta et, pour se donner de la vaillance, elle but une gorgée d'eau dans le gobelet de fer.

L'eau glissait fraîche, douce. C'était bon et pour rien.

Ah !... les souliers fins, et les châles bleus, et les grâces de Catherine, et l'admiration des gens, et la conquête d'un bon ami ne se tiraient pas aussi aisément que de l'eau limpide à une fontaine !

Résistante contre la mer, Ambroisine avait encore le pied agile et l'âme pure, mais que signifient de telles qualités de gamine quand il s'agit de devenir une jeune fille ?...

— Il faut devenir une fille, avait dit Jean-Pierre !...

Ambroisine trempa ses lèvres dans l'eau pour la seconde fois. Ici l'on buvait à sa soif. Quelle source généreuse coulerait dans sa poitrine, descendrait jusqu'au profond de son cœur pour noyer son chagrin d'être une gamine, un humble et orgueilleux Cadet Oui-Oui.

Des larmes emplirent ses yeux en songeant qu'une marchande devait faire l'aimable et la gentille avec tout le monde. Pour consoler son orgueil, Ambroisine appela la vanité. Celle-ci pensa de suite aux sous gagnés et dépensés, à Catherine et à la mère Papin qui dirait bientôt : « Ambroisine est encore capable !... à la toilette, au bal, et à tout ce qui séduit et retient un garçon près d'une fille qu'il admire. »

Mais un fieu qui exige tant de bassesse de celle qu'il aime mérite-t-il son amitié ?...

Assurément non !... Tout à coup Ambroisine détesta Jean-Pierre.

Elle le fuirait, se construirait une hutte où

personne ne la trouverait. Elle serait perdue pour tous, mais pas pour elle-même.

Ambroisine deviendrait l'univers, le monde, le bonheur même d'Ambroisine. Elle serait plus puissante qu'une reine, elle serait universelle, seule indispensable à elle-même.

Ambroisine levait vers le ciel sa tête brûlante. Une brise rude, fraîche, qui accourait du large, lui caressa l'âme et le corps. Celle-là venait de loin, de la mer... Mais encore, en elle-même, un vent de révolte soulevait de grandes vagues.

Ambroisine les connaissait tous, ces plaisirs orgueilleux qui compensent la tristesse de l'abandon pour les enfants dont on ne s'occupe guère. Son cœur avait la force de se contraindre et son intelligence celle de réfléchir. Elle aimait la liberté et savait en jouir.

Elle connaissait la lutte de tous les muscles bandés contre ces fortes puissances, la tempête et l'eau, n'ignorait pas davantage le jeu d'adresse défiant les bêtes rusées qui nourrissent le corps. Elle avait su maîtriser également la souffrance de la chair meurtrie et celle de l'âme douloureuse que nul ne panse et que l'on guérit en riant. N'avait-elle pas dompté le diabolique désir qui vous pousse à embrasser les joues rouges d'un garçon ?... Et toujours Ambroisine avait triomphé.

Oh ! délices ! joies divines ! s'opposer, gamine débile, à ces géants qui attaquent et détruisent les plus forts et qui s'appellent : la faim, la souffrance, la mort et l'amour !

Et quelle âpre félicité vous inonde après ces conquêtes de la volonté !...

La mer soumise riait dans l'iris bleu des yeux de la petite, les bêtes marines fleurissaient sa jeune chair, les cicatrices de son cœur et de ses pieds lui conseillaient la prudence et l'oubli, et même le refus de ses lèvres à Jean-Pierre ne lui ménageait-il pas les brillantes promesses du désir !

Et c'était sans phrases inutiles que les sensations s'exprimaient à la conscience de la simple Ambroisine.

Mais avec le sourire, la joue de Jean-Pierre s'approcha de ses lèvres, les larmes de tristesse pleurées après son départ picotèrent ses paupières et surtout l'instant où il l'avait maîtrisée revivait sur tout son corps. Enfin, toute cette journée taquine et douce passée à ses côtés joua devant elle avec tous ses incidents, ses tourments, ses joies colorées comme des images.

Devenir une fille ! Il fallait devenir une fille. Ambroisine entendait encore Jean-Pierre dire ces paroles.

Le Cadet Oui-Oui résolu jeta loin d'elle le gobelet de fer rempli d'eau fraîche, elle rechargea sur son dos la manne abandonnée. Hélas ! elle parcourut les rues du quartier marin sans oser crier ni offrir sa marchandise.

Désespérée, elle s'arrêta devant la maison de Marie Salette. Elle demanderait un conseil à cette matelote qui faisait toujours bon accueil à la sœur de la belle Catherine.

Une mère qui veut bien marier son fils sait trouver plus d'une parole intéressante dans les propos et les bavardages d'un Cadet Oui-Oui.

Marie, constamment aux aguets, voulait savoir ce qui se passait chez les Papin-Sauvage. Cette Rose Malot, une intrigante, déroberait, si elle n'y prenait garde, la future fiancée de son Baptiste.

Ambroisine s'arrêta interdite sur le seuil du logis de Marie Salette. Baptiste, couché, la regardait avec de grands yeux tristes, qui luisaient dans son visage tout jaune.

La maladie était pour Ambroisine un passe-temps qui amusait les vieilles femmes. La santé tient compagnie à la jeunesse. Le pauvre Baptiste, qui supportait des malaises n'atteignant d'habitude que des gens âgés, se faisait donc très vieux, enfermé dans un bureau. Certes, Ambroisine n'enviait pas un sort pareil pour Jean-Pierre Malot !...

Des voisines prétendaient que Baptiste vomissait du sang. La pensée de ce sang venant du dedans et non d'une blessure sur la peau glaçait d'effroi le Cadet Oui-Oui.

Bien sûr, il ne vivrait pas longtemps à faire le bourgeois, celui-là !...

Et cette Marie Salette qui allait, venait toujours, agaçante et vertillante, par la chambre du malade et ne s'apercevait de rien !... Elle économisait, travaillait, projetait, ne voyait que l'avenir, persuadée qu'elle avait pris son Baptiste à la mer et l'avait arraché à la mort. Ambroisine, consternée, contemplait cette mère active et ce fils affaibli, résigné. Habitué à la maladie, Baptiste l'acceptait sans révolte.

— C'est bien, s'écria Marie en s'avançant vers Ambroisine, de venir à ma maison.

— Vous n'allez pas mieux ? questionna Ambroisine en s'adressant au malade.

Ce fut la mère qui répondit :

— Ça n'est pas des affaires, dit-elle, le médecin a dit que c'était une fraîcheur dans le côté, il va mieux. Achaise-toi là, ma bellotte.

Marie débarrassa Ambroisine de sa manne. Elle ne perdait jamais l'occasion d'un profit; elle se récria en sortant les huîtres et en les étalant sur la table :

— C'est trop ! c'est trop, ma bellotte ! Baptiste est malade et t'as pensé à lui, mais il ne mangera jamais tout ça !... Enfin, je ne peux pas te faire de reproches, car ça tombe vraiment comme lard en pot, il a si peu d'appétit, ça l'excitera peut-être à manger !... Remercie-la, Baptiste.

Baptiste murmura un merci.

— Quelle bonne fille tout de même, poursuivit Marie Salette. Mais, j'y songe, c'est peut-être ta mère qui m'envoie ça ?

Ambroisine, toute rouge de confusion, regardait ses huîtres qu'elle voulait vendre un bon prix; pour réclamer son bien, le merci déjà acquis du pauvre malade la gênait.

Elle fixait alternativement Baptiste et les belles huîtres. Le grand air salé contenu entre les vastes coquilles pénétrerait peut-être dans les poumons de Baptiste et les guérirait. Devait-elle marchander un fameux remède à un mourant ?

Elle renonçait à la vente, la pêche miraculeuse appartenait à Baptiste...

Elle donnait !...

Un sourire illuminait son visage blond; ses paupières se baissaient par discrétion et ses mains s'étendaient dans un geste d'abandon !...

Qu'elle était belle, et douce, et bonne, cette Ambroisine !... Elle ne s'appelait plus une gaminé, elle devenait une fille. Mieux que cela !... Une femme compatissante ? Plus encore !... Une vraie Notre-Dame du Bon-Secours !...

Jean-Pierre, debout dans la porte depuis un instant, en restait ébloui. Il y avait un nimbe autour du front d'Ambroisine et des jets de lumière glissaient hors de ses mains généreuses pour frapper droit sur le cœur de Jean-Pierre.

Ambroisine leva les yeux et, en apercevant le jeune homme, elle comprit qu'elle avait vendu sa pêche un bon prix à l'avide Marie Salette. Il payait largement, Jean-Pierre !...

Il en coûte si peu d'estimer une que l'on aime !...

IX

Dimanches et jours de fête, grand-père Nicolas arrivait chez sa fille Rose à une heure de l'après-midi. Il dînait avec elle. Le dos enfoncé dans le fauteuil, il buvait du café et du genièvre après le repas. Il s'attardait, l'heure du souper sonnait, et Rose le priait de rester : ils partageaient le repas du soir.

La dépense n'inquiétait jamais Rose. Elle appréciait les bons morceaux et savait mieux qu'une autre flatter la gourmandise de son père et de son fils !...

Son pauvre cher homme défunt avait les dents longues devant les tranches d'une bonne côte de bœuf rôtie !... Elle en cuisait une large et épaisse tous les dimanches en souvenir de lui. La viande, son jus roux, les pommes de terre dorées qui l'accompagnent calent à merveille le fond de l'estomac. Ensuite, elle servait une rafraîchissante salade et, comme, après le vinaigre, il faut sucrer la bouche, une vaste tarte à la crème apparaissait sur la table. Parfois, Rose variait le menu; elle achetait au marché un lapin de six livres. Sauté dans la casserole avec des oignons, du lard, un bouquet garni et noyé dans un bon litre de vin, c'était un vrai régal. La viande blanche et serrée des cuisses et des reins valait la plus fine noix de veau pour le goût et la fermeté, et la chair qui garnissait les petits os prenait à la sauce un tel parfum de thym, de laurier, d'air des bois, qu'ils apportaient à la langue tout le printemps de la forêt qu'il faut traverser le jour du pèlerinage de saint Josse.

Grand-père et Rose mâchaient et avalaient lentement, avec dévotion. Jean-Pierre, plus vorace, y mettait moins de façons. Il ne dédaignait pas de temps en temps un bon repas, le lit douillet et les soins de sa mère, mais l'habitude le privait rapidement du plaisir de bien vivre. Il préférait à un régime suivi ces grosses régalades qui réjouissent le marin nouvellement débarqué. Alors, il avalait les morceaux, buvait ferme, dormait ensuite, et se réveillait avec la surprise de n'être plus à son bord.

Jean-Pierre, qui menait depuis quinze jours une existence de paresseux, de rentier, s'assit sans hâte et sans joie à la table du dimanche. Il faut de l'appétit pour assaisonner même des plats de ducasse. Rose vit de suite la tristesse sur le front de Jean-Pierre, mais elle se consola en songeant qu'elle gardait pour le dessert des nouvelles qui dissiperaient l'ennui de son fieu.

Depuis le séjour à la prison de Jean-Pierre, Rose agissait. La punition avait sûrement dégoûté Jean-Pierre du métier de mer, elle mettrait à profit ce découragement pour l'arracher définitivement au péril. Et les démarches de Rose aboutissaient. Malgré son regret de débarquer « un futur patron », avait dit l'armateur, il libérait Jean-Pierre de tout engagement. Micaille acceptait Jean-Pierre dans ses bureaux. Une visite de Rose chez les Papin avait également arrangé l'avenir de ce côté. Les femmes avaient pleuré, elles s'étaient pardonné les coups et la dispute de la halle. Après des serments d'amitié, s'étaient embrassées avant de se quitter.

— Si Jean-Pierre passe par ici, avait dit la mère Papin à Rose au moment de la séparation, il pourrait entrer nous dire bonjour. Catherine et moi, nous serons contentes de le voir. La jeunesse se recherche; que voulez-vous, Rose, chacun son tour !... Il tâchera de ne plus taquiner mon Cadet Oui-Oui; c'est une gamine, c'est vrai, mais Catherine n'aime pas qu'on méprise sa sœur.

Rose, malicieuse, regardait sans inquiétude son fils qui boudait les plats. Un sourire épanouissait sa face fleurie. Mieux qu'à l'espérance d'un bon mets, Jean-Pierre rirait tout à l'heure en montant la côte pour la première visite sérieuse chez celle qui deviendrait sa bonne amie. Chaque jour de sa vie, Jean-Pierre remercierait la bonne mère qui avait arrangé cette fameuse affaire. Bercé par la mer, feu Malot pouvait dormir en paix, sa veuve l'avait remplacé près de son fils. A Jean-Pierre rien ne manquerait pour être heureux, puisqu'elle avait su être non seulement la mère qui soigne et aime, mais encore le père qui prévoit et dirige.

Une bonne position sans péril, une belle femme travailleuse attendaient le fieu; il aurait donc les plus gros profits et les moindres peines.

Sans s'occuper de projets et d'avenir, grand-père Nicolas se régalait en silence. Une douce joie de vivre coulait en lui et hors de lui. Elle inondait chaque jour, chaque heure de son existence. Il avait lutté, aimé, travaillé. Aucune de ces mauvaises forces qui rendent ambitieux, volontaires, les vieux qui n'ont pas usé leur jeunesse, ne s'agitaient dans son cœur. Ceux-là veulent régenter tout le monde, ils ignorent sans doute que le jeune homme orgueilleux est plus anxieux de prouver sa vaillance qu'avide d'accepter les bienfaits d'autrui.

Cependant la quiétude de Nicolas n'était pas absolument de l'indifférence, car il examinait Jean-Pierre. Le père pêchait plus d'un souvenir dans tout cet air d'abattement qui immobilisait le garçon. Instruit par l'expérience, il devinait mieux que Rose les motifs des secrètes préoccupations de son petit-fils. Seul, l'amour fait perdre aux garçons et aux filles l'appétit d'un bon plat. Soucis de métier, tracas d'avenir, petits ennuis à vingt ans. Il était persuadé que le chagrin n'a qu'une voie pour arriver à l'âme d'un jeune garçon. Nicolas était vieux. Il voyait tout de loin et jugeait de haut; il n'accordait certes pas aux affaires de sentiment la place qu'on leur abandonne dans les histoires qui amusent les fillettes; cependant, il avait appris que l'amour vous a de durs abordages, même quand il attaque les plus raisonnables. Sa fille n'avait-elle pas voulu son Malot ?

Lui-même avait épousé une pauvre moulière d'Equihen. C'était un vrai sort qui s'abattait ainsi, à date fixe, sur les enfants de la famille. Pourquoi avait-il aimé autrefois sa Madeleine ? Nicolas ne se l'expliquait plus. Elle avait une tignasse de chanvre, une bouche fraîche qui riait et un regard très doux; mais beaucoup de filles montraient alors des cheveux blonds et des yeux tendres. Elle était morte depuis longtemps et, cependant, après le charme rompu, Nicolas se souvenait encore de l'impérieuse secousse qui l'avait jeté dans les bras de la fille. Alors une voix plus profonde que celle du sang qui le liait à père et mère avait crié en lui, et il avait fallu, contre la volonté de tous, suivre Madeleine ou mourir de langueur. Nicolas avait choisi la vie !...

Que se préparait-il encore une fois ?... Le vieux regardait son petit-fils à la dérobée.

Beaucoup de crainte et un peu de respect rendaient Nicolas tout pensif. Il s'inclinait devant cette puissance qui taquine ainsi les esprits les plus robustes. Jean-Pierre, un fieu savant, instruit, se soumettrait aussi. Le vieux riait de ce petit-fils dont le grand savoir des livres humiliait parfois ses prérogatives d'âge et de sagesse.

Ainsi, bête, tout le monde l'était, à son heure; et l'amour saurait agacer même monsieur le tsar, le grand général de toutes les Russies, que Nicolas avait admiré récemment à Dunkerque.

Jean-Pierre valsait dans la ronde, il était pris, et pas par la belle Catherine; c'était trop simple et trop raisonnable de l'aimer, celle-là. Tant pis, Nicolas ne se tourmentait pas; il savait que riche ou pauvre, belle ou laide, honnête ou coquette, il faudrait la lui donner, et ce fatalisme devant l'amour évitait au grand-père tous ces mouvements de colère qui troublent inutilement une digestion. Il n'y avait rien à faire qu'à laisser les fieux se régaler jusqu'au dégoût du plat de leur choix. Si le ménage tournait bien, tant mieux, s'il allait mal, tant pis. Et Nicolas, bien revenu de toutes les folies, paisible, content, se servit de la tarte pour la troisième fois !...

— Ne t'étouffe pas, grand-père, insinua Rose.

Elle emplit la bouilloire et la posa sur le fourneau; elle songeait à la tasse de camomille que Nicolas réclamerait dans un instant pour alléger son estomac. Le dîner du dimanche lui avait joué plus d'un tour. Il s'en souvenait le samedi et se promettait de manger avec réserve; mais, aussitôt attablé, il négligeait toute prudence. Ensuite, il jeûnait trois jours pour se remettre, et sa gourmandise sortait plus vivace de cette épreuve. Son appétit de vieux marin triomphait victorieusement des assauts de nourriture et s'accommodait également des repos de pénitence.

Rose, en passant près de son fils, fut prise d'un accès de soudaine tendresse, elle se pencha et l'embrassa à pleines lèvres. Ah ! la bonne surprise qu'elle lui préparait !... Elle gardait le secret le plus longtemps possible. Au café, en guise de réchauffante bistouille, elle lui développerait son plan et ses manœuvres d'adresse qui l'assuraient dès ses vingt ans contre les périls de la mer, de la mort et d'une mauvaise femme. A présent, l'heureux garçon n'avait plus qu'à se laisser vivre. Serait-il assez content, son fieu !...

— Hé bien, mon bellot, fit Rose, en emplissant la tasse de son fils, tu ne nous dis rien ?...

Jean-Piere hocha la tête, secoua ses épaules; il voulait sortir de cette torpeur qui l'annihilait et ne pouvait pas.

— Réponds-moi, mon bellot ? interrogea Rose inquiète.

Il était temps de conter à Jean-Pierre le récit des exploits d'une mère qui affermit le bonheur de son fils. Instant décisif devant lequel elle hésitait. L'émotion paralysait la langue de Rose.

— Si je ne parle pas, c'est que je n'ai rien à dire, gronda Jean-Pierre avec mauvaise humeur. Je m'ennuie, encagé comme un linot.

— Bois une tutée, conseilla Rose en soupirant.

— Non, fit Jean-Pierre, je n'en veux pas de ton café, je vais prendre l'air.

Il se dirigeait lentement vers la porte et Rose négligeant toutes les appréhensions qui lui conseillaient de se taire et d'attendre, courut à lui et l'arrêta. Pour le retenir accouveté près d'elle, Rose aurait cherché à séduire le diable, pour le lui donner en guise de pantin.

Quand il était petit, elle trouvait des jeux, inventait des histoires. Cette fois, n'était-elle pas sûre d'accaparer son attention ? Il n'échapperait pas à sa sollicitude maternelle.

— Reste un moment, Jean-Pierre, ordonna la mère; c'est pour profiter pendant que ton grand-père est là; j'ai à te parler d'affaires sérieuses.

La mine de Jean-Pierre s'allongea.

— Des affaires sérieuses ! s'écria-t-il, je ne suis pas encore assez triste à ton idée ? Me distraire conviendra mieux. J'irai jusqu'aux Roches aviser si le *Surcouf* s'annonce, il ne tardera plus guère.

— Le *Surcouf*, le *Surcouf !* jeta Rose victorieuse, le *Surcouf !* tiens, tu ne languiras pas plus longtemps !... Le *Surcouf*, il n'a plus rien à te demander, je t'ai dégagé !...

Jean-Pierre se tourna vers sa mère, il la regarda. Elle riait toute rose et comme rajeunie par le bonheur. Il se taisait et elle poursuivit :

— Oui, mon fieu, l'armateur et moi on s'est expliqué. A ta sortie de prison, j'ai bien vu que tu en avais assez de la mer, alors je me suis dit : « Grand'mère Rose, ton garçon il est malheureux », j'ai tout arrangé. D'ailleurs, des marins, il n'en faudra bientôt plus avec les grands bateaux, Dieu merci !

— Tu baves et tu dis qu'il pleut, cria violemment grand-père Nicolas ! Ma camomille et un peu vite !...

Il était rouge et ses vieilles mains tremblaient.

— Ah ! fit Rose impatientée, un instant de bon, on ne l'a jamais eu avec toi. Tu n'avais qu'à ne pas tant te bouffir ! A cette heure, tu attendras.

Elle se tournait vers son fils, espérait un mot d'encouragement et de merci.

Les lèvres de Jean-Pierre se décoloraient, des crampes couraient sur ses deux cuisses et il dut s'asseoir.

— T'es délivré, continua la mère, et pour toujours, cette fois. Micaille te prend dans ses bureaux et l'argent de mon gain pendant ces dernières années sera pour toi et pour la marée quand tu reviendras du service. Tu iras dans l'artillerie, à Calais. Le capitaine te protégera pour ça, je vends des harengs à sa dame!... C'est si près, tu viendras me voir tous les dimanches et, si le cœur t'en dit, tu pourras te marier de suite avec une fille sérieuse assez capable pour gagner son pain pendant l'absence de son homme!... Ah! mon bellot, la bonne bouchée du dessert vient à la fin!... Devine un peu le nom de celle qui t'attend dans sa maison?... Ses parents et moi nous sommes autant dire d'accord!

— D'accord, d'accord? fit sèchement Jean-Pierre, dis-le un peu toi-même, le nom de celle-là?...

— C'est Catherine Papin! lança la mère Rose triomphante...

Le poing de Jean-Pierre s'abattit sur la table; les assiettes, les verres, les fourchettes, sautèrent, une bouteille vide se brisa en tombant à terre. Nicolas empoigna le litre de genièvre et le sauva du naufrage. Rose tremblante, les yeux pleins de larmes et les mains jointes, implorait son fils.

L'arventée imprévue!... Devenait-il fou? Quelle épine le piquait cette fois?...

Pauvre mère Rose, il est sorti des langes, ton bellot, de ces langes dans lesquels tes mains diligeantes découvraient promptement l'épingle perfide qui blesse et fait crier le tout petit!...

Jean-Pierre alla vers sa mère le bras levé...

— Jean-Pierre! cria le grand-père Nicolas d'une voix rude de capitaine au commandement.

Le garçon s'arrêta, il retomba sur sa chaise en sanglotant.

Il était épuisé, frissonnant et déjà pardonné. Sa mère venait à lui pour le consoler.

— Mon bellot! mon p'tit bellot!...

Il écarta durement les mains tendres qui cherchaient son front.

Une mère ne vous aime jamais assez, tant qu'on se sent petit et dénué; mais, plus tard, comme il rejette cette affection envahissante, le fils ingrat!...

Les larmes de Jean-Pierre se séchèrent au bord de ses paupières brûlantes.

— Je n'en veux pas de ta Catherine, dit-il froidement, de tes sous, pas davantage; je saurai bien en gagner. Ah! tu veux me faire aller sans me demander même conseil!... Je naviguerai toute ma vie si ça me convient et je me marierai à mon goût. Pourquoi que je n'aurais pas ma volonté? T'as bien eu la tienne! Chacun son tour.

— Mon bellot, suppliait Rose, j'ai voulu bien faire. Cependant tu n'y tiens guère à la mer.

— Catherine et la marée, c'est poisson avec poisson, il n'est pas frais, celui-là. A cette heure, c'est fini. Je jure...

— Ne jure pas encore, mon bellot, pria Rose, ne jure pas, t'as le temps de changer d'avis, t'es si jeune encore!...

Sans doute poussée par une brusque rafale, la porte s'ouvrit soudainement. Ce ne fut pas le vent qui entra dans le logis des Malot, mais une fillette rousse qui riait.

Jean-Pierre se pencha pour courir à elle. Elle apportait dans les plis de sa jupe, et dans les mèches de ses cheveux en désordre, et sur tout son corps frais, l'odeur forte des algues. Elle arrivait sans invitation et sans gêne, comme la liberté; la manne attachée sur son dos était pleine de coquillages. C'était vraiment la petite déesse de la mer, cette Ambroisine.

— Voilà, dit-elle directement à Jean-Pierre sans saluer personne, voilà, j'étais là-bas et j'ai reconnu le *Surcouf*; alors je suis venue, j'ai pensé que vous seriez content de le voir accoster et d'attraper l'amarre!... Adé, bon portage, je retourne là-bas, il y a de quoi aujourd'hui!...

Ambroisine se sauva et Jean-Pierre, joyeux, courut derrière elle; sûrement la fille et le vent avaient emporté la colère et la tristesse.

Mère Rose, abandonnée, pleurait, le visage enfoui dans son tablier.

— Ne te fais donc pas tant de bile, conseilla Nicolas, très calme, ça ne sert à rien!...

— Mon fieu, gémissait Rose, on me l'a changé. J'ai donc offensé le bon Dieu sans le vouloir pour être aussi punie!... Tout allait au mieux, on se serait expliqué! Cette gamine arrive quand on se passerait si bien d'elle. Ce bateau ne pouvait donc pas y rester, dans la mer d'Écosse!...

Nicolas se signa.

— Ma fille, dit-il sévèrement, tu n'as pas de frayeur. Tu souhaites la perte des bateaux et des équipages!... Autant prier le bon Dieu de damner ton Jean-Pierre. T'en as trop voulu de ton garçon, aussi tu n'auras rien. Celles qui le tiennent le garderont. La mer et la bonne amie ne t'en laisseront pas lourd!...

— Une bonne amie, Jean-Pierre? cria Rose, furieuse. Tu l'as entendu, il n'en veut pas. Il n'en trouvera pas de meilleure que la belle Catherine. Il veut rester vieux garçon, quel malheur!...

Nicolas éclata de rire devant sa fille indignée.

— Ma camomille, Rose, et si ton garçon ne fait pas de sottises avant son départ à la flotte, ça sera déjà beau! Pauvre bellotte, il faudrait au moins la laisser grandir!...

Rose haussa les épaules. Assurément, l'âge attaquait rudement la cervelle du vieux père. Elle soupira, il ne vivrait plus bien des années, grand-père Nicolas; sa mort serait une peine qui bientôt s'ajouterait aux autres.

— Bois, bois ta camomille! Qu'elle te fasse du bien, dit Rose en servant son père. Tiens, du sucre et la cuillère!...

Sa voix s'adoucissait, ses gestes enveloppaient, dévots et discrets comme ceux d'un prêtre qui donne le viatique à un agonisant.

X

Du soleil plein le ciel, du soleil sur la mer, du soleil le long des quais, du soleil dans les vitres des maisons du port, du soleil qui sème ses taches jaunes partout. Le soleil jette des soleils qui tournent, se multiplient, se précipitent au fond des prunelles qu'ils éblouissent. C'est le soleil volontaire des après-midi de juillet qui s'impose. Il règne!... Il dore la moisson, attendrit le raisin et mûrit la graine de poisson. Cette chaude haleine corrompt parfois ce qu'elle touche. Il provoque en corsaire et ruse en pilote. Le soleil brûle le sang et congestionne le cerveau, il fait à son gré des fous... et des amoureux. Dort-il tranquille au fond des yeux qu'il touche ? Non !... Il descend, chauffe la gorge, le palais, les lèvres; cette chaleur pénétrante brûle le cœur. Pauvre cœur tout cuisant, qu'il serait doux d'offrir à une bonne amie ! Une bonne amie dont les joues roses et la bouche humide gardent la fraîcheur de la cerise !...

Sous les rayons du soleil ardent, Ambroisine et Jean-Pierre couraient ensemble vers le *Surcouf*.

— Allons par là, conseilla Jean-Pierre, nous arriverons plus vite.

Ainsi près de la Chambre de commerce, ils marchèrent à droite, lorsqu'ils se trouvèrent seuls, perdus entre l'eau bleue du port et le mur du vaste bâtiment, Jean-Pierre arrêta Ambroisine.

Il la regardait avec une moue de dépit. Le Cadet Oui-Oui, crinière au vent et pieds nus, avait un rire de gamine. Ah non ! cette craie souillon et mal habillée n'était pas la fille qu'il espérait promener. Sa déception était si vive qu'il devint cruel.

— Dites donc, fit-il rudement, vous me suivriez bien comme ça jusqu'à la mer du Nord. Pour se promener avec moi, il faudrait au moins avoir des bas et des souliers.

Cette douche d'eau glacée s'abattait sur le bonheur tout chaud de la pauvre fillette.

— Oh ! Jean-Pierre, murmura-t-elle, que je suis malheureuse d'être toujours arpifée !...

Ambroisine s'enfuit. Des larmes débordaient de ses yeux. Mais le soleil qui voulait nicher sa joie entre des paupières soyeuses, séchait vite ces gouttes amères au bord des cils de la petite.

***

— Larguez l'amarre ! commandait le patron du *Surcouf*.

Jean-Pierre, debout sur le quai, attrapa le câble de chanvre. Des gamins, rats de quais, vermine de port, s'empressèrent pour l'aider.

Une, deux ! Une, deux ! Hardi les fieux ! encore un effort et voilà le bateau solidement fixé au crampon de fer.

Tout est rangé en bel ordre sur le pont du *Surcouf*, où s'entassent les douzaines de barils remplis de harengs.

A tout seigneur, tout honneur, et, le premier, le patron se hisse sur l'échelle, le voilà debout sur le quai.

On l'entoure; M. Marvel, l'armateur, s'informe de la pêche. Le capitaine a une mauvaise nouvelle à annoncer, il hésite avant de répondre, il hoche la tête.

Des filets seraient-ils perdus ? L'eau entrait-elle dans la cale crevée ? Le hareng trop gras irait-il tout simplement fumer la terre ?...

Le patron baisse les yeux et il désigne les compagnons attristés et silencieux qui, sur le *Surcouf*, entourent un homme. Celui-là est assis, dans un geste de désolation, il enfouit sa tête dans ses paumes, et de gros sanglots secouent son dos.

— Voilà, avoue le patron à M. Marvel, je cours de suite chez le commissaire de la marine pour la déclaration. Pauvre Louis Fornier !...

Jean-Pierre et l'armateur ont compris, ils paraissent consternés.

— Il a été élingué ? interroge l'armateur.

— C'est ça même, répond le marin, il est tombé mardi soir, on ne sait pas seulement comme ça s'est fait, nous naviguions en chemin de retour par un vrai temps de demoiselle. Une belle brise et pas de brouillards. Il était à l'arrière tout seul, et tout d'un coup il a crié. Bien quoi, que je me dis, il est fou ou soûl, mais faut aller voir ! Quelle affaire !... Il avait sans doute glissé sous le bateau; sur l'eau, il n'y avait que sa cape qui flottait. Heureusement qu'il était encore garçon, conclut le patron avec une certaine philosophie.

Chez les gens de mer, quel malheur ne se peut comparer à un malheur plus grand !... Bienheureux sont ceux qui partent sans laisser une veuve et des orphelins.

— Pierre Fornier, son frère, se désole à bord; c'est une rude arventée qui attend sa mère. Que voulez-vous, c'est le hasard qui nous guette toujours !

— Et son pauvre corps ? interrogea Jean-Pierre tout pâle.

Le maître de l'équipage regarda la mer en disant :

— Elle l'a gardé !...

Enfin, sollicité par les camarades, Pierre Fornier avait quitté son bord. Il faisait peine à voir. On le confia à Jean-Pierre.

— Conduis-le à sa maison. Nous autres, nous avons le hareng à débarquer.

Le soleil narguait la douleur du frère et de son compagnon, et la mer, toute joyeuse, jouait et scintillait comme si elle n'avait pas commis le plus grand des forfaits, sans l'excuse de la colère des grandes tempêtes qui la bouleversent; froidement, méchamment, elle avait détruit un pauvre matelot !...

— Vite, mère, ordonna Pierre Fornier à la maman qui lui tendait les bras. Vite, ferme les volets et que la nuit se fasse. Allume les bougies et commençons de suite la veillée des morts, la veillée d'un mort perdu au fond de la mer. Une couronne sur son lit et de l'eau bénite dans la tasse, comme s'il était là.

— Mon Louis, mon bellot, ça n'est pas possible, cria la mère..

Jean-Pierre restait debout entre la mère et le fils. Il peut partir, ils supporteront leurs douleurs unies, même ils sanglotent dans les bras l'un de l'autre.

— Du courage, conseilla doucement Jean-Pierre, comptez sur moi pour aller avec vous porter la couronne à la chapelle du bon Dieu flagellé.

Lentement, Jean-Pierre Malot revint sur les quais. Il soupirait de temps en temps. Peut-être songeait-il à son père, à son oncle, tous les deux perdus en mer. Cependant, le triste souvenir de pareils drames n'empêche jamais un fieu d'admirer comme il convient une riche pêche. Et devant la quantité de barils pleins qui s'alignaient autour du *Surcouf*, Jean-Pierre poussa des exclamations !...

— Quelle affaire, monsieur Marvel !...

L'armateur comptait les barils, il paraissait plus soucieux que satisfait. Il pensait que son bateau, privé des six bras des deux Fornier et de Jean-Pierre Malot, dégagé par sa mère, n'avait qu'à plier sa voiture et à rentrer les filets. En pleine campagne de harengs, les marins sont rares au port, il ne trouverait pas trois ouvriers.

Avec l'égoïsme tout naturel à ceux qui comptent leur profit, l'armateur maudissait ce Louis, cet imprudent qui avait sûrement tenté la mort !...

— Ah ! maugréa-t-il en s'adressant à Jean-Pierre ébloui, que viens-tu faire ici, espèce de marin d'eau douce ? Chacun sa manière, toi aussi, tu désertes. Dès qu'il est instruit, le marin de naissance quitte le métier. A bord de nos bateaux, nous n'aurons bientôt plus que des lourdauds. Cependant le progrès est partout, et, ici comme ailleurs, il faudrait avoir des hommes intelligents. Les étrangers nous font une rude concurrence, ils traitent le poisson avec soin et ils connaissent la mer. Aussi jamais nous n'avions vendu aussi bon marché que cette année. Quand le patron terrien n'a plus besoin de ses gens, s'il mange de l'argent, il ferme son atelier et congédie les ouvriers; nous autres, nous sommes trop bons !...

— Mais, insinua Jean-Pierre, vous profitez du droit de pêche qui n'appartient qu'à nous autres, les inscrits maritimes. A mon idée, vous n'êtes pas à plaindre !...

— Allons, je le vois bien, soupira M. Marvel, toi aussi, tu fais la forte tête. Va ! on ne s'enrichit plus guère dans notre partie, je souhaite que les matelots ne s'aperçoivent pas trop vite de nos déboires. Fatalement, un jour, ils en pâtiront. En attendant, me voilà bien !... Enfin, je comprends que ça n'est guère engageant d'embarquer quand on vient de parler d'un noyé, fit l'armurier en riant.

Jean-Pierre rougit.

— Je ne suis pas lâche, affirma-t-il.

— Allons, ne te fâche pas, petit gâté de mère Rose.

M. Marvel, un brave homme, avait un sourire. Il ne blâmait pas Jean-Pierre, ni surtout sa mère. Il appartenait par le sang aux gens de mer, mais il profitait avec joie des sous amassés par un aïeul corsaire; il ne naviguait plus. Son gros corps se plaisait dans cette vie de terrien aisé si méprisée par les vieux loups de mer. Le plus court voyage en mer le bouleversait. Plusieurs fois, il avait dû traverser le détroit pour ses affaires et aller à Greenwich; il gardait de ses indigestions un tel souvenir qu'il subventionnait volontiers toutes ces sociétés limitées et non limitées qui étudient, aux dépens d'actionnaires bénévoles, des projets de pont sur la Manche.

Jean-Pierre se tournait vers le large.

Sous le soleil, la mer pailletée d'étincelles, la mer jeune et blonde le fascinait. Pour le marin, dans ses jours de gaîté, elle a des ruses de coquette. Là-bas, voyez-vous comme elle plie et déplie sa jupe de fée dans un bruit de soie. Niché sur la poitrine palpitante de cette belle, le bateau monte et descend. La nuit, la lune et les dansantes étoiles jettent sur ses flots des serpents de feu. Elle est sombre et parée comme une reine. Sa vie, plus lourde et plus riche, se hausse vers le ciel.

Les heures de fortune arrivent, il faut jeter le filet, le tirer ensuite. Le novice exerce avec ardeur la force de ses bras. Il aime la peine qui le virilise.

Le filet est pesant, place au maître hareng; sûr, celui-là a bu tout le frétillement des clartés du jour et de la nuit. Il est barbouillé de lumière. Et la cale s'emplit d'or, d'argent, d'un vrai métal en fusion dont le négoce nourrira tous les habitants d'une ville.

Le métier a ses dangers. Encore faudrait-il les connaître.

Jean-Pierre n'avait jamais vu de vraie grande tempête; mais en songeant au péril de la mer, il l'imaginait si fortement qu'une soudaine angoisse tordait ses entrailles et il avait vraiment honte de cette peur tapie dans son ventre comme une bête sournoise.

Elles l'attiraient malgré tout l'une et l'autre, la craie et la cruelle. Sans la fille à tourmenter et la mer à dominer, la vie lui paraissait fade comme du lait sucré. Parlez-moi, pour soutenir un fieu, d'une bonne bistouille poivrée.

La belle Catherine et le commerce de la marée ? festins de ducasse qui ne satisfont pas l'appétit hardi de tous les jours. Il préférait Ambroisine et la mer. C'était plus fort que sa raison, plus puissant que sa volonté.

— Vous avez beau dire, fit Jean-Pierre à l'armateur, moi, voyez-vous, je ne m'arrange qu'avec ce qui me convient. Tenez, puisque vous avez besoin de moi, me voilà !... J'embarque.

— Tiens ! s'écria l'armateur. Tiens ! t'as encore du cœur et tu ne te laisses pas détourner par ta mère. A cette heure, il fait chaud. Viens avec moi à l'*Etoile du Nord* que je te régale d'une bouteille de bière !

***

Encore cette fois, le *Surcouf* entraînait Jean-Pierre Malot; mère Rose, debout sur la jetée, regardait le bateau s'éloigner. C'était donc vrai ce qu'affirmait grand-père Nicolas; il lui faudrait toujours disputer Jean-Pierre à la mer ! Mère Rose menaçait de son poing fermé la coquine. La mer défiait Rose, elle souriait, toute bleue et soulevait ses vagues vertes, couleur d'espérance, et même, pour égayer « à mort » le grand flot de l'étale, elle ensorcelait le rose des rayons du soleil couchant qu'elle étalait sur ses vagues; les bateaux glissaient dans un bruit de soie remuée sur ce lac moiré.

L'apaisement du soir descendait. Un beau jour qui meurt avec douceur enseigne la résignation à l'homme irrité. Rose cessa de maudire la mer et revint à la halle en pleurant. Elle priait la mer, Dieu, les saints, d'épargner son Jean-Pierre.

Lorsque son fils partait, elle s'affaissait, toujours abattue par cette crise superstitieuse qui soumet les mères, femmes et filles de marins absents. Ce sentiment s'élevait en elle direct et puissant, il naissait au fond de ses entrailles. Il venait de loin, de plus loin qu'elle-même. C'était un souvenir de crainte qui couvait en elle toujours prêt à crier comme la voix du sang;

seulement, pour toutes les aïeules qui avaient vécu avant elle et le lui avaient légué avec la vie, le souci de la pauvreté, le pain quotidien à gagner pour toute la famille luttait contre ce que cette douleur avait de trop aigu. Elle s'éternisait, pendant toute la durée des absences de Jean-Pierre, pour Rose plus heureuse et plus sensible. Tandis qu'elle avait bonne table et lit douillet, son fils était exposé au péril. Rien ne la distrayait de cette pensée qui gâtait toute sa joie d'exister. Assurément, Rose aimait son fils unique, mais ce grand amour maternel était plein d'égoïsme.

— Puisque c'est son goût, répondait invariablement Nicolas à tous les gémissements de la mère pour son fieu.

Rose essuyait ses yeux, il fallait nettoyer l'étal pour le lendemain. S'étant attardée, elle restait seule avec le gardien qui attendait son départ pour fermer la halle vide.

Encore un dernier coup de brosse, un seau d'eau à rincer, dans deux minutes elle sera dehors.

Rose suivit la petite rue d'Ecoute-s'il-pleut et la rue Victor-Hugo.

Le boucher, la fruitière, qui la connaissaient, lui souriaient.

Ah ! si Jean-Pierre n'était pas parti, elle régalerait le garçon... et la mère avec ces belles poires William; il naviguait au loin et Rose ne tentera pas le remords qui l'étoufferait en mangeant sans le partager un de ces beaux fruits. Elle acheta un quarteron de cavrons, petites prunes rondes et laides qui cependant laissent dans la bouche, quand elles sont bien mûres, un goût de prunelles sucrées.

En marchant, Rose prenait une prune, la portait à sa bouche et toujours celle qu'elle avalait lui donnait l'envie de tâter la suivante. Elle arriva au Coin-Menteur et jeta le sac vide.

— Bonjour, Rose, cria une voix; vous rentrez chez vous, notre route est la même, on pourrait peut-être la suivre en compagnie.

La mère Papin s'empara avant consentement du bras de Rose. Elle en avait long à raconter à la mère de Jean-Pierre !... Elle l'attendait depuis une demi-heure en regardant les étalages pour se distraire.

— Quel beau temps ! s'écria-t-elle.

Rose se taisait. La vieille répéta plusieurs fois pour occuper le silence :

— Quel beau temps !... Quel beau temps !...

Rose soupira et répondit rien.

— Ma bonne chère amie, fit la mère Papin véhémente, quoi ! c'est qu'il y a encore à faire, vous avez l'air tout étombi !...

L'insistance et l'amabilité de Marie Papin gênaient Rose. Jean-Pierre refusait la belle Catherine ! La veille, ne lui avait-il pas défendu de parler de ce mariage. Rose s'intimidait, elle n'osait pas annoncer la mauvaise nouvelle.

— Etombi ! étombi ! gémit Rose, c'est ça même. Voyez-vous, Marie, quand on a des enfants, est-on jamais tranquille ? Et puis, il y a enfant et enfant. Le mien, Marie, c'est un sans-souci, un volontaire. Le voilà encore parti sur ce maudit bateau. Contenter sa mère, il s'en fiche !...

— Il changera, consola Marie, quand il aura une femme raisonnable qui lui enseignera le devoir. Il a été surpris par l'armateur qui voulait remplacer Louis Fornier. Nous ne l'avons seulement pas vu à la maison. C'est de bon cœur, Rose, je vous l'ai dit, que je lui offrirai une tasse de café quand il viendra.

— Ecoutez, Marie, fit Rose en arrêtant sa compagne, écoutez, j'aime autant vous le dire, le moment n'est pas venu, Jean-Pierre ne veut entendre parler de rien !...

La mère pinça les lèvres et rougit. C'était ainsi qu'on la traitait. Rose lui tendait une ligne et, une fois l'amorce prise, elle lâchait tout !...

— De rien ! de rien ! fit-elle avec aigreur. Et de quoi que je parle, s'il vous plaît, Rose ? Prétendrez-vous que je suis malade d'avoir votre Jean-Pierre pour ma Catherine ? Ma fille n'a pas sa pareille dans toute la marine, elle n'a qu'à choisir. Votre fieu ! mais elle n'en voudrait pas, elle m'a même chargée de vous dire ça !...

Ce ne fut pas le vent, mais une fillette (p. 22).

— Ne vous fâchez pas! supplia Rose confuse.

Quelle merveille, cette Catherine qui méprisait le meilleur et le plus brave des garçons, son Jean-Pierre!... Ah! que n'écoutait-il sa mère, celui-là!... Attraper ce fin morceau, c'était tenir le bonheur dans son assiette.

— Avec de la patience tout s'arrange, Marie, il s'amendera. Votre fille sera tout juste la femme qu'il faudrait à Jean-Pierre, elle le tiendrait près d'elle à la halle. Votre Catherine serait dame. Il y a de quoi chez nous. Je la prendrais sans armoire et sans trousseau.

— Nous ne sommes pas des gens de rien, affirma Marie, Catherine est gréée, j'ose le dire!...

L'intérêt de la conversation emportait Rose, elle dépassa la rue du Fort-en-Bois et, sans avoir pu mesurer la longeur du chemin, elle se trouva avec Marie sur le seuil des Papin.

— Entrez, Rose, pria Marie, Catherine est partie chez Micaille pour une expédition de poisson et Ambroisine n'est jamais à la maison. Nous nous expliquerons à l'aise en buvant un verre de doux!...

Une chaise glissa dans la cuisine obscure.

— C'est le chat, assura la mère Papin.

Elle alluma la lampe.

— Toi ici! s'écria la mère, toi ici toute seule! Sûr, on a changé mon Cadet Oui-Oui!...

Ambroisine était debout devant les deux femmes.

— Le Cadet Oui-Oui tranquille, le derrière assis sur une chaise, ça ne s'est jamais vu!... poursuivait Marie; c'est encore plus fort, regardez, Rose, elle cousait!...

Marie tenait les morceaux d'étoffe bleue que la petite assemblait.

— Un corsage, et même ça n'est pas trop mal, voyez, Rose!...

Elles examinaient les points et hochaient la tête.

— Pas mal du tout, convint Rose.

— T'as donc fini de courir? fit la mère en s'adressant à Ambroisine.

Puis, se tournant vers Rose:

— Vous avez raison, il ne faut jamais se décourager.

Ambroisine rougissait de plaisir. La mère de Jean-Pierre admirait son ouvrage!...

— Alors, comme ça, tu délaisses la falaise? Moi qui te croyais une sauvage pour la vie, continua la mère.

— On ne peut pas toujours rester une craie, il faut devenir une fille, répondit gravement Ambroisine en s'installant près de la table.

En répétant les conseils de Jean-Pierre, Ambroisine se troubla et elle piqua son doigt avec l'aiguille. Une goutte de sang perla et tacha de rouge l'envers de l'étoffe.

— Rien n'y manquera, s'écria Rose en éclatant de rire, le bon ami t'embrassera le jour où tu étrenneras le papillon.

Etait-ce assez drôle! Un bon ami au Cadet Oui-Oui! La mère Papin riait si fort qu'elle dut s'asseoir.

Ces railleries exaspéraient Ambroisine. Elle se leva brusquement et sa chaise tomba; elle jeta le dé, les ciseaux, l'étoffe et, éperdue, s'enfuit dans sa chambre pour pleurer.

Mais la mauvaise humeur d'une gamine ne troubla pas deux mères à l'esprit rassis.

— Elle change, remarqua Marie Papin, elle est pensive et colère; c'est l'âge qui veut ça. A cette heure, nous voilà bien tranquilles, ma bonne chère amie, nous pouvons arranger à notre aise l'affaire de Catherine et de Jean-Pierre!...

XI

Ambroisine, penchée à la fenêtre, regarda sa mère et sa sœur s'éloigner. Elles disparurent au tournant de la route, la fillette poussa un soupir d'allègement et rentra. Le 15 août, jour de grande fête, bien des étrangers visiteraient la halle et achèteraient du poisson; Catherine et la mère n'abandonneraient pas l'étal, elles se contenteraient d'un dîner de charcuterie mangé sur place; le père Papin naviguait à bord d'un caboteur dans les parages de Bordeaux. Ambroisine était donc seule jusqu'au soir. Librement, elle suivrait son caprice et sans contrainte écouterait ses désirs; elle fêterait et courrait à sa guise.

Avec emportement, elle sauta trois par trois les marches de l'étroit escalier qui conduisait au grenier, vestibule de sa chambre mansardée. Ambroisine s'arrêta à la lucarne ouverte.

Le perdant entraînait les vagues qui laissaient nues sur le sable jaune le troupeau des roches noires au sommet desquelles elle aimait se tenir. De paisibles lacs d'eau reflétaient l'azur d'un ciel sans nuages. Un voile de vapeur unissait plus étroitement la mer et le ciel d'un bleu uniforme, mais les fins yeux d'Ambroisine distinguaient à l'horizon la crayeuse côte anglaise qui s'avance à droite, menace la pointe du Gris-Nez... Elle connaissait le Gris-Nez, ses petits homards, le phare tournant, bien beau à voir de près, et aussi l'arête dressée par les deux courants de la mer du Nord et de la Manche. C'est un corps à corps effréné, la lutte de deux armées. Le vent fantasque choisira la victorieuse. Tantôt la mer du Nord rafraîchit la Manche de son flot glacé par les banquises. D'autres fois, la Manche attiédie se glisse un peu dans le lit froid de la mer du Nord.

Ambroisine songea gravement aux vents, aux courants et aux marées. Tous ces changements sont importants à observer quand il s'agit de dépister les crabes et les homards. Ils savent vivre de la mer, tous ces malins cornus, et cependant, la petite main d'Ambroisine, guidée par son intelligence, déjoait et forçait dans leurs retraites les bêtes rusées. Quel profitable amusement que celui de la pêche côtière!...

La petite soupira en abandonnant la lucarne, et son soupir gémit tout pareil à un sanglot. Hélas! Ambroisine n'était plus libre de suivre les jeux de l'adolescence qui l'attiraient encore! Car maintenant il lui fallait, toute affaire cessante, rencontrer un fieu nommé Jean-Pierre Malot et lui plaire!... Son cœur sauvage se débattait comme un oiseau captif et elle se jeta sur le lit, la tête contre l'oreiller, pour pleurer à son aise!...

Etait-ce possible? Elle sacrifiait la pêche, son plaisir et ses goûts!...

Ainsi, depuis des jours et des jours, elle cousait, sérieuse et enfermée comme une vieille!... Elle nettoyait, assemblait des morceaux d'étoffe pour édifier toute cette belletée qui séduirait Jean-Pierre.

Ce Jean-Pierre, savait-elle seulement ce qu'elle ressentait pour lui? L'aimait-elle ou le détestait-elle! Qu'importait!... Tout ce qu'il disait restait planté dans sa tête, plus droit et mieux enfoncé qu'un des commandements de Dieu et de l'Eglise. Il naviguait au loin, il ne la voyait plus et elle lui obéissait; c'est que, sans son consentement, il était tout près d'elle. Il avait laissé comme son image dans la mémoire de la fillette, il restait en elle et avec elle. Elle voulait chasser l'intrus et vivre à son gré. C'était fini, elle ne pouvait plus l'oublier. Déjà, dans sa jeune âme neuve et tendre, le souvenir de Jean-Pierre creusait la place, le nid d'amour dans lequel, présent ou absent, agissant ou mort, il vivrait aussi longtemps qu'Ambroisine.

La voix dure du garçon, lui reprochant sa mauvaise tenue, elle l'entendait encore...

— Dites donc, avait-il crié, vous ne me suivrez pas comme ça jusqu'en Ecosse! Il faudrait avoir des bas et des souliers pour se montrer avec moi!...

Depuis ce jour elle avait travaillé, et le *Surcouf* était rentré la veille!...

Ambroisine essuya ses yeux, elle examinait la toilette préparée et étalée sur deux chaises.

Serait-il satisfait?...

Elle maniait les objets, caressait les étoffes. Le corsage était bleu pâle, semé de petits bouquets de roses. Elle aplatit une pince, fit bouffer les fronces; à la jupe noire, elle avait cousu un large velours qui l'allongeait et l'embellissait tout à la fois. Le châle était rose, les souliers de cuir fin et le tablier de soie. Le bonnet gaufré et tuyauté par la meilleure repasseuse de la marine écartait une auréole aussi ferme que la coquille de la palourde.

Ambroisine, rassurée et contente, emplit d'eau un baquet à lessive qu'elle avait monté de la cave, elle laissa tomber ses cottes et releva ses cheveux, car il s'agissait d'être aussi propre que belle!...

XII

Attentivement, Ambroisine se mirait dans la grande glace de sa sœur Catherine. Pourquoi ce verre maudit ne lui envoyait-il pas l'image correcte de la belle fille?

Le Cadet Oui-Oui priait le diable des coquettes de lui mettre au front d'importants bandeaux noirs, de jeter des étincelles dans ses yeux et de barbouiller d'un rose plus fleuri ses joues délicates.

Elle se rattraperait par la toilette et l'élégance!... Les fillettes qui balancent sur leurs hanches minces leur première jupe longue confient volontiers tout l'avenir de leur amour à la belletée de l'ajustement. Les artifices de la nature seuls, sont irrésistibles. La prime fraîcheur d'un teint de quinze ans a le velouté de la fleur de l'églantine, l'éclatante jeunesse rit dans leurs prunelles et sur leurs lèvres. Trop d'apprêts détruit parfois ces charmes.

Ambroisine avait tant frotté son visage pour le rougir que deux plaquettes violettes tachaient ses pommettes; elle allongeait ses lèvres afin d'avoir l'air grave, et cette expression tirait l'ovale régulier de son doux visage, doux comme le miel des abeilles et doux comme l'odorante fleur de tilleul!

Ses cheveux, brunis par la pommade, durcissaient le jeu de ces yeux verts aux paupières battantes. Sur sa peau blanche, grattée avec acharnement, apparaissaient, larges, dorées, ces taches de son qui déshonorent souvent la carnation des rousses. Ambroisine se voyait bien; elle soupira découragée et, ne comptant plus guère sur sa figure pour séduire un garçon, elle se pencha, souleva sa jupe pour mieux admirer les superbes souliers qui lui emboîtaient les pieds. Elle souffrirait un peu; mais du moins, de ce côté, elle était tranquille. Si brillants qu'ils ressemblaient aux escarpins vernis des dames, ils dégageaient la cheville moulée dans un bas de soie. Ambroisine enfonça ses deux mains dans ses poches pour avoir l'air supérieur et indifférent qui convient aux jeunes filles et elle marcha avec vivacité dans la chambre. Sa jupe pirouettait autour d'elle, son châle bombait sur sa poitrine; elle se trouvait vraiment belle!...

Elle descendit à la cuisine et consulta le soleil; il n'était guère plus de midi. Ambroisine n'avait guère faim; seulement, comme il fallait passer le temps, elle mangea des tartines, but un reste de café du matin, et ce repas improvisé l'occupa pendant un quart d'heure.

Qu'allait-elle devenir? Elle était prête beaucoup trop tôt. La procession ne sortirait guère de la cathédrale avant trois heures. Les étrangers, les touristes, seuls, se promenaient par la ville avant Monseigneur l'évêque; elle n'avait aucune chance de rencontrer Jean-Pierre. Ambroisine maudissait déjà sa belle toilette et toutes ces idées de la tête et du cœur qui entravent les plaisirs des craies et les obligent à rester à la maison.

Un peu plus tard, Ambroisine résolut de vaincre son ennui par le travail. Elle tricotait en demandant pardon au ciel de l'offense un jour de grande fête. Elle se calma en dévidant la laine et en tirant les aiguilles. A deux heures et demie, elle était debout, prête au départ.

Son visage apaisé avait retrouvé toute sa sérénité et, comme elle songeait moins à sa beauté, celle-ci ne l'oubliait plus.

Dehors, des gens affairés allaient, marchaient, se bousculaient. Les quais devenaient trop étroits et les tramways pleins, précédés par des hommes d'équipe, se frayaient un chemin à travers la foule. Dans le port, les bateaux, pavoisés jusqu'en haut des mâts, se pressaient les uns sur les autres, tant ils étaient nombreux. Les habitants des maisons sortaient des chaises qu'ils alignaient au bord des trottoirs pour les louer à ceux qui voudraient voir la procession sans se fatiguer. Des marchands et des marchandes circulaient en offrant des gaufres, des prunes, des rosaires, des coquillages, des images et la légende, imprimée dans de petits livres, de la Notre-Dame miraculeuse qui arriva au pays par la mer, sur un bateau conduit par deux anges.

Il y avait aussi des dames élégantes, des Parisiennes, des Lilloises, des Anglaises, des Boulonnaises, que les cochers promenaient dans des landaus. Elles regardaient, en souriant, les naïves décorations qui embellissaient les maisons. Des fleurs de papier, des franges dorées agrémentaient de vastes draps blancs. Des hommes par paillots et libertins, comme disent les matelotes, parcouraient la ville et notaient sur leurs calepins, afin de les priver de leur clientèle, les commerçants qui étalaient des ornements sur la façade de leurs boutiques. De leur côté, les dévots de la ville haute prenaient le même soin contre ceux qui s'étaient abstenus. Peines perdues ! les ménagères et servantes, sournoisement, reprennent vite leurs habitudes de quartier, sans se soucier des graves intérêts de la politique et de la religion !...

Des matelots et des matelotes, portant de petits enfants dans leurs bras, montaient vers la Grande-Rue, où il serait facile d'attraper Monseigneur l'évêque et de se pourvoir de bénédictions pour l'année entière.

Les jeunes garçons et les jeunes filles s'assemblaient en bandes comme des oiseaux. Les pigeons et les colombes qui voudront une meilleure compagnie pour le reste de la journée sauront les détours de la route; ils apprécieront la malice d'un coude entre deux chemins, où il faut passer si près les uns des autres que l'on reconnaît tous les visages.

Ambroisine méprisa la franche rue Victor-Hugo, et elle tourna à gauche vers le Coin-Menteur. Les pavés pointus de la place des Victoires abîmaient ses pieds bien chaussés. Elle allait et ne sentait pas la douleur. Elle dépassa la boutique du pharmacien, qui a une si jolie femme, et celle du boulanger, qui vend de fameux petits pains aux raisins. Elle aperçut Jean-Pierre, qui stationnait debout devant le magasin du marchand d'étoffes.

Jean-Pierre Malot s'avança vers Ambroisine. Ambroisine Papin courut à Jean-Pierre et, sans prononcer une parole, ils continuèrent la route côte à côte.

Puisqu'ils se cherchaient, s'attendaient, se trouvaient, qu'avaient-ils besoin de se consulter sur le but de leur promenade ? Il s'agissait seulement d'être ensemble pour être heureux, celui qui marchait plus vite entraînait l'autre; c'était tout simple.

Ambroisine, plus bavarde, parla la première.

— Venez-vous à la cathédrale ? demanda-t-elle.

— Ça sera comme vous voudrez, répondit Jean-Pierre.

— Vous avez fait un bon voyage ?

— C'est le retour qui a été dur !... Quel abordage m'attendait à la maison ! La mère m'en veut encore d'être parti. Fallait peut-être laisser ces gens dans l'embarras, après le malheur du pauvre Louis Fornier ?...

— Quelle affaire ! Tout n'est pas beau ni jovial sur la mer, soupira Ambroisine.

— A présent, fit Jean-Pierre, vous dites comme ma mère ! Elle voudrait me voir mareyeur !...

Cette fois, Ambroisine s'arrêta; elle réfléchit un instant et, finalement, éclata de rire.

— Mareyeur ! Mareyeur ! s'écria-t-elle, comme Tatasse, Micaille ou Bellegueule.

Pour Ambroisine, le mareyeur était un homme à gros ventre et à esprit pesant. Jean-Pierre mareyeur !... Le garçon riait aussi.

— Ça en a des idées, tout de même, une mère, fit-il. Maman Rose, elle voudrait déjà compter mes soixante-dix ans pour me voir aussi tranquille que grand-père Nicolas. Il n'a pas toujours été abonné au banc des retraités, c'était un rude homme dans son temps !...

Il y eut un silence et, sérieux, ils poursuivirent la route. La foule les portait, les séparait et les joignait tour à tour; lorsqu'ils arrivèrent à la porte des Sables, ils furent pris dans la masse et durent attendre.

Le défilé de la procession commençait. Ambroisine s'appuya sur le bras de Jean-Pierre, elle se haussait pour voir.

Les demoiselles des pensionnats et des couvents vêtues de blanc, passaient en chantant des cantiques. Une cinquantaine de fillettes, avec des ailes dorées collées au dos et des lis de papier dans les mains, représentaient parfaitement sur la terre les anges du paradis. D'autres petites filles portaient sur leurs toilettes immaculées des écharpes de tarlatane blanches, rouges ou vertes, qui parlaient des vertus théologales : la foi, l'espérance et la charité. Sur toutes les têtes, ébouriffées par de belles frisures, des couronnes de roses ou de feuillages dressaient comme des auréoles de saintes. Les grandes soutenaient, sur leurs épaules, les appuis décorés qui promenaient les statues, images des patrons de ces grandes confréries qui localisent, au profit de saint Antoine de Padoue, de saint Louis de Gonzague, de saint François de Sales, la piété de bien des fidèles.

Des bannières brodées aux emblèmes du Sacré-Cœur, du cœur de Marie, du saint rosaire, s'avançaient bien entourées et portées par des demoiselles voilées de mousseline.

M. le curé du Portel marchait au milieu de ses ouailles. Il avait chaud et épongeait son front tout trempé de sueur.

Les jeunes Porteloises qui l'accompagnaient avaient revêtu les anciens et riches costumes de la paroisse. Avec leurs jupes éclatantes, leurs manches flottantes, leurs châles aux nuances vives, leurs fronts penchés et lumineux, elles étaient des novices étalant le luxe des vêtements sacerdotaux.

Les mères chrétiennes suivaient. Elles pinçaient les lèvres, et leur dévotion, regret ou consolation, n'avait rien d'aimable.

Enfin, quatre jeunes matelots, en serviciers, tenaient en l'air, sous le soleil qui dardait des rayons brûlants, un petit bateau mâté et gréé comme un grand. Une Vierge enfant, un petit Jésus frisé et un jeune Jean-Baptiste avec sa peau de mouton, qui suivaient, traînés par leurs mamans, deux imposantes dames matelotes, tendaient souvent leurs petites mains vers ce beau joujou offert au bon Dieu par des charpentiers de navires.

Ambroisine abandonna le bras de Jean-Pierre, dans son enthousiasme, et elle battit des mains et s'écria :

— Voyez, Jean-Pierre, s'ils sont bellots, je voudrais les embrasser!...

— Embrasser! embrasser! gronda Jean-Pierre furieux, je ne les trouve pas si bellots que ça!... On dirait des carnavals, il n'y a que Pecque-Pecque qui manque.

Et il eut un mauvais regard jaloux pour ces innocents qui s'éloignaient.

Portée par des messieurs en lévite, Notre-Dame de la Mer et des Miracles arrivait. Elle était debout à l'arrière du bateau en forme de coquille de noix; deux anges ramaient assis à ses pieds; elle inclinait la tête et le geste de son bras frêle désignait la mer.

Jean-Pierre n'était certes pas dévot et cependant, une brusque émotion lui bouleversait le cœur en regardant cette Notre-Dame qui bénit la mer et qui ressemblait à son Cadet Oui-Oui. La Vierge et Ambroisine avaient ce même sourire de douce hardiesse, ce sourire pur des innocentes qui savent calmer les tempêtes de l'âme et des flots.

Jean-Pierre n'imita pas les garçons qui riaient tout haut, le chapeau sur la tête, devant la statue symbolique. Ils peuvent mépriser les traditions, ceux qui n'ont pas de bonne amie à respecter et de bateau qui vous veut fidèle!... Jean-Pierre se découvrit.

D'autorité, Jean-Pierre prit Ambroisine par la main, il fendit la foule et l'entraîna au milieu de la rue.

L'évêque, sans cesse retardé par des fidèles qui imploraient sa bénédiction, s'approchait lentement. On distinguait de loin sa mitre et sa crosse qui dominaient les mille têtes de la foule assemblée.

Enfin Jean-Pierre et Ambroisine arrivèrent à lui.

Il était très vieux, très blanc et il s'arrêta devant le matelot et sa bellotte. Comme ils étaient jeunes et beaux tous les deux!... Une tendre et malicieuse flamme pétilla dans ses yeux clairs, de suite ses paupières voilèrent son regard. Il tendit aux lèvres de la fille et du garçon l'améthyste de son anneau, l'améthyste violette, pierre de deuil. La mort et le malheur achèvent toutes les félicités terrestres. L'évêque, peut-être se réjouissant de sa vie de renoncement, s'éloigna des deux enfants.

Ambroisine et Jean-Pierre dépassèrent les murs des remparts et ils marchèrent bientôt sur la route qui mène au bal des Moulins. Le garçon regarda cette fois sans envie et sans étonnement les couples qui prenaient plaisir à faire durer la route. Lui aussi, il arrêtait parfois Ambroisine, ils allaient lentement et en silence.

Jean-Pierre tournait la tête vers elle qui attendait des compliments sur sa mise, balançait ses jupes et bombait la poitrine; Jean-Pierre se taisait, il ne guettait que l'expression du visage d'Ambroisine.

Lorsque, ayant oublié la belletée, elle se tourna vers lui, rose, souriante, heureuse de l'avoir près d'elle et aussi tendue vers lui qu'une fleur d'été qui s'épanouit en regardant le soleil, Jean-Pierre, rempli d'orgueil, passa son bras autour de sa taille mince.

Au bal, il n'eut qu'à resserrer l'étreinte pour l'enlever au son de la musique.

Ambroisine s'en donnait à plein souffle; elle riait, soulevée dans les bras de Jean-Pierre. Ses manières fougueuses n'avaient rien des poses abandonnées des filles nonchalantes, elles ne ressemblaient pas davantage aux façons des princesses vaniteuses qui se font admirer. Elle était gauche, ardente, sincère; personne ne la remarquait; Jean-Pierre, qui la sentait toute palpitante et heureuse sur sa poitrine, l'aimait de tout son cœur.

Il lui offrit de la limonade mousseuse, du vrai champagne, des gaufres et des pommes de terre frites. Ambroisine était si contente qu'elle oubliait de souffrir de ses chaussures étroites.

— En voilà du nouveau! fit une voix railleuse.

Ambroisine se tourna, reconnut sa sœur Catherine et toute sa joie tomba.

— En voilà du nouveau, reprit-elle, le Cadet Oui-Oui au bal!... Je vous le dis, un de ces jours, on lui verra un bon ami!

La belle fille fixait Jean-Pierre; elle avait un sourire coquet et un air d'autorité.

— Vous m'attendiez au moins, Jean-Pierre, la petite vous a fait passer le temps. C'est la valse, à présent, venez-vous?

Jean-Pierre rougit, se troubla et il se laissa entraîner par Catherine.

Ambroisine, interdite, les vit partir ensemble. Elle contint d'abord une envie de crier, de trépigner et, ensuite, ce fut comme un manteau de glace qui, soudainement, chargea ses épaules.

Ainsi, elle s'était privée de tous ses plaisirs favoris pour se faire belle et accompagner Jean-Pierre; le volage s'enfuyait au premier signe de Catherine.

La belle matelote suivait avec mesure le rythme de la valse, elle tournait comme une superbe toupie ronflante.

Catherine et Jean-Pierre riaient tous les deux. Ils se moquaient d'elle; Ambroisine tremblait.

Elle s'éloigna du bal en courant. Elle monta la côte et tourna à gauche, se dirigeant vers le nord. Un énorme soleil de carmin disparaissait, dévoré par la mer luisante qui coupait l'horizon. Un vent gai arrivait du large et Ambroisine s'arrêta pour exposer sa pauvre tête brûlante à la brise qui la rafraîchirait. C'était une main douce, une main amie qui s'appuyait sur son front. Elle avait cru, sans même se l'avouer, qu'un fieu pouvait s'occuper d'un Cadet Oui-Oui. Ah! la douloureuse déconvenue!...

Elle s'abattit à genoux sur le talus de la route, elle devenait très vieille tout à coup. Elle était une vraie fille et même déjà une femme, puisqu'elle souffrait et pleurait!

Pourquoi riait-il d'elle à présent? Tout à l'heure il l'attendait, passait son bras à sa taille; il la regardait tendrement et il la délaissait déjà. C'était un jeu pour lui. Ah! le jeu cruel!...

En elle, une voix suppliante appelait Jean-Pierre et, vrai miracle, cette voix secrète, Jean-Pierre l'avait entendue appeler dans son cœur, car il répondait déjà : « Me voilà ! Me voilà ! »

— J'ai cherché partout après la danse, expliqua-t-il, on m'a dit que vous étiez partie par ici, et je suis venu.

Ambroisine essuya ses yeux; elle fixait durement Jean-Pierre et elle écarta avec brusquerie le bras qui se tendait vers elle.

Jean-Pierre s'étonnait...

— Assez de toutes ces bêtises, fit la petite. Vous me prenez trop pour une imbécile. Il fallait distraire ce bellot en attendant Catherine! Allez la retrouver!

— Je ne vous quitte plus, affirma résolument Jean-Pierre.

— Quand finirez-vous de me tourmenter? Allez-vous-en!...

— Vous tourmenter, moi!...

— Oui, me tourmenter. Je suis un Cadet Oui-Oui, une craie, une rien du tout; alors, pourquoi se gêner?... Vous riez de moi, Jean-Pierre. Ah! ça n'est pas bien, non, ça n'est pas bien! gémit Ambroisine.

Elle éclata, de gros sanglots d'enfant soulevaient sa poitrine, comme tout cet immense chagrin attendrissait le fieu! Et Jean-Pierre l'attira à lui pour la mieux protéger contre la douleur! Ah! oui, c'était bien celle-là qu'il aimait et qu'il voulait!...

— Ma bellotte, ma petite bonne amie, je vous aime et pour toujours, murmura-t-il.

Ambroisine se défiait encore de lui. Mais non, la bonne figure fraîche du jeune matelot rayonnait de franchise et de tendresse, et Ambroisine dans un grand geste de confiance, jeta ses deux bras autour du cou de l'amoureux Jean-Pierre.

XIII

Les matelots étaient assis sur les bancs du cabaret de l'*Étoile du Nord*. Vêtus de vareuses, coiffés de casquettes comme les vieux retraités, rentiers de l'État, ils n'avaient pas cette lourde et bruyante gaîté qui anime le matelot au repos seulement pour quelques jours. Cinquante paires d'yeux suivaient les gestes de l'homme qui parlait, debout sur une chaise; les oreilles écoutaient à peine.

Une seule pensée suffit à des cerveaux entraînés aux vagues rêveries de bord. Elle occupait ces marins simples d'esprit et puissants de muscles. Ils tournaient et retournaient sans cesse l'événement, la catastrophe sans précédent qui les condamnait à l'inaction à l'époque d'habitude la plus occupée de l'année.

Avant même la fin de la campagne du hareng, les armateurs assemblés avaient libéré les hommes de quarante équipages.

— Merci, avaient-ils dit, nous n'avons plus besoin de vous. Nous désarmons un bateau sur trois. Au printemps, les affaires peuvent se relever, nous reprendrons peut-être tout le monde pour la pêche du maquereau; nous ne promettons rien. Les grands bateaux à vapeur français et étrangers économisent de la main-d'œuvre avec leurs machines. Ils vendent le poisson trop bon marché. Nous diminuons nos frais pendant quelque temps pour éviter la ruine!...

La ruine!... La ruine!...

Et les pauvres marins hébétés avaient repris le chemin de leurs domiciles où les femmes les attendaient. Plus d'un Jean-Pierre tourna vingt fois sa langue au rond de sa bouche avant d'annoncer la triste nouvelle à la ménagère. Qu'allait-on devenir sans la paye?... La vie est chère en hiver!... Il en faut du pain, du charbon, pour se soutenir le corps et dompter le froid qui, porté par l'aigre bise, dévaste les cheminées éteintes! Il glace jusqu'aux os ceux qui n'ont pas de sous à faire cliquailler devant les yeux avides des boulangers et des marchands de combustible.

Une fois le contenu de la bourse de réserve épuisé, les boulangers, et surtout les boulangères, firent encore crédit aux malheureux. Quelle mère, quelle femme refuserait un pain à la bellotte déléguée par les siens! Elle arrive les bras et les yeux grands ouverts devant la radieuse assemblée des tourtes dorées. Avec quelle tendre gravité la douce Zabelle et Rose la luronne serrent la miche dans leurs bras! Elle ne berceraient pas avec plus de sollicitude le petit frère qui, le ventre tout creux, attend sa tartine en pleurant dans son petit lit.

La troupe affamée dévora deux boulangers compatissants; le tribunal de commerce, impitoyable, déclara la faillite de ces imprudents.

Le crédit était mort.

Bousculés chez eux par les femmes soucieuses, chassés de leurs bords par les armateurs économes, les marins trouvèrent un refuge dans les cabarets, où des socialistes de la ville vinrent leur faire la leçon. Il fallait se syndiquer, affirmaient-ils, réclamer, aller à la mairie demander des explications au gouvernement. L'État enchaînait le marin à la tâche, donc il avait des devoirs et des responsabilités envers lui.

— Les prisonniers, criaient en ce moment l'orateur, les prisonniers, les criminels, sont nourris et, vous autres, vous seriez moins bien traités que des malvats?...

L'auditoire demeurait silencieux. Assurément, ce monsieur s'expliquait vite et bien; il avait une langue d'avocat et savait beaucoup de mots.

— Tenez, conclut l'orateur exaspéré, demain, vos armateurs, qui sont riches à millions, viendraient vous dire que des marins il n'en faut plus, vous répondriez : ainsi soit-il. Si vos femmes m'entendaient, elles me comprendraient mieux que vous.

L'orateur avait raison, cette fois. La matelote sait se débattre à terre, mais le matelot ne connaît que quatre choses : un pont sous ses pieds, le ciel au-dessus de sa tête, des filets dans les mains et du courage plein le cœur. Toutes ces belles paroles de liberté, de fraternité, de syndicat que les hommes écoutaient, s'embrouillaient dans leurs têtes. Il avait parlé des armateurs riches à millions!... Or, ceux qui croient aux millions ont la réputation d'avoir la cervelle dérangée... Dans la marine, on connaît trop la mère Million, une vieille marchande de crabes qui court chez les banquiers et chez les notaires réclamer les millions qui lui son dus, depuis qu'une mauvaise fièvre l'a rendue folle. Les marins savaient bien que « certains avaient de quoi » et que « d'autres n'avaient pas de quoi ». Le sort désigne les malheureux et le destin choisit les privilégiés de la fortune, tous ceux qui ont de la chance. Au jour de la tempête, la silencieuse fatalité ne sacrifie-t-elle pas les uns pour épargner les autres ? Le matelot docile, se contente de tenter le hasard par des « cela ira peut-être mieux qu'on ne pense », il ne se révolte pas. La mer et la misère, deux violentes et capricieuses maîtresses, lui ont enseigné la patience et la résignation.

L'orateur lassé descendit de sa chaise, il se tourna vers le cabaretier et commanda la bistouille de consolation. Peu à peu, le cabaret se vidait.

Un temps clair et froid attendait les hommes dehors. Ils se groupaient machinalement par équipage de bateau et ils allaient le long des quais. Ils s'arrêtaient de temps en temps et, après avoir bien réfléchi et hoché la tête, le plus hardi de la bande risquait une opinion en se souvenant du discours qu'il venait d'entendre.

— Il a peut-être raison !...

— Il faudrait se débattre !...

— Il n'y a plus de pain à la maison !...

— Ma femme, elle cherche des journées bourgeoises.

Les matelots de chez Marvel s'attroupèrent autour du *Surcouf* qui arrivait.

Jean-Pierre Malot, dans son suroit tout couvert d'écailles de hareng, se démenait allègrement sur le pont.

— Toi, dit la forte tête de la bande en s'adressant au fils de mère Rose, tu ferais mieux de rester à la maison et de laisser ta place à un père de famille.

La grande querelle du moment divisait les marins engagés et les marins débarqués; ces derniers calculaient, cherchaient ceux qui auraient dû s'effacer devant les plus misérables. Il y avait eu des batailles et, plus d'une fois, on avait attaqué le riche Jean-Pierre.

Il se taisait, poursuivait sa besogne. Tenace, il n'entendait pas renoncer à son bord. Il avait eu trop de mal à défendre son désir de rester marin contre la volonté de mère Rose pour se laisser dépouiller bénévolement, par grandeur d'âme.

Il s'apitoyait volontiers devant les enfants et les femmes affamés. L'argent de ses mois de compagnon et les libéralités du dimanche de mère Rose l'aidaient alors à soulager son cœur tout gonflé de chagrin. Il distribuait avec timidité les sous et les pièces, plus honteux que ceux qui recevaient l'aumône. Son bien-être gênait le garçon scrupuleux.

Que n'était-il plus âgé et maître de sa petite fortune ? Il armerait des bateaux et courrait avec joie les risques de la pêche. On verrait alors si la mer oublierait de récompenser ceux qui la serviraient fidèlement.

— Quelle affaire ! s'extasiait à chaque instant mère Rose triomphante, je te le dis que le métier de mer ne vaut plus rien !

Jean-Pierre haussait les épaules. C'était un moment à passer, il faudrait toujours des marins pour la flotte de guerre, la marine marchande et les bateaux pêcheurs.

Le syndicat ramassa quelques douzaines de ces rats de quais, faux marins et inutiles qui grouillent autour d'un port. Ils firent du bruit et obtinrent des secours officiels. Jamais pareille engeance n'avait été aussi heureuse !... Les vrais malheureux ne périrent pas non plus. C'est que, dans des rues étroites où l'on vit les uns sur les autres, peut-on se goberger à l'aise sans songer au voisin dans la peine ?...

Quel branle-bas dans la cervelle de ces gens !... L'ennui qui attaque le marin débarqué ne savait plus à quel homme s'en prendre, tant il avait de besogne. A présent, la misère, la tristesse, les deuils, toutes les calamités des cités éprouvées s'abattaient sur la ville. La mortalité augmentait et ceci prouvait que la tempête détruisait beaucoup moins d'existences que le chômage. Dans le cimetière, les tombes des nouveau-nés, des vieillards, s'alignaient. Chaque famille avait son défunt à pleurer.

Heureusement, le chagrin de tant de malheurs n'atteignait pas les forces vives de l'esprit, cependant attendri, du jeune marin Jean-Pierre Malot. Une pensée riante fortifiait également le sensible Cadet Oui-Oui. Non pas que l'amour puisse chasser des âmes toute bonté, mais il sait soutenir un sain égoïsme nécessaire à la vie.

Jean-Pierre et Ambroisine se retrouvaient toujours avec une joie sans pareille. Ce même entrain de gaîté les soulevait au-dessus de la mort et de la misère cheminant à leurs pieds.

Ils étaient bien défendus contre l'obsession de ces trop pénibles spectacles, qui parfois souillent sans remède les imaginations neuves et flétrissent la confiance, détruisent l'espoir, toutes les fraîches sources de joie, auxquelles la jeunesse doit largement s'abreuver pour garder la force d'attaquer bravement l'existence.

Sérieux et occupé, Jean-Pierre naviguait-il à bord du *Surcouf* ? Ambroisine travaillait à la maison, aussi sage et occupée qu'une fée domestique. La mère Papin s'extasiait devant l'ouvrage de sa cadette. Un peu jalouse, Catherine pinçait les lèvres, elle trouvait des mots piquants afin de paralyser cette bonne volonté menaçante. Toute grande supériorité a besoin d'un repoussoir pour se faire valoir. Les maladroites cabrioles de Gugusse au cirque de la place Marguerite-Sauvage donnent leur prix aux grâces des déesses qui vont sautant, pirouettant en cadence, au pas rythmé des chevaux blancs qui les portent. La conduite d'une traîe, d'un Cadet Oui-Oui, glorifiait sans entr'acte les mérites de Catherine. Hélas ! l'ironie de la belle fille s'exerçait inutilement, les mauvais propos glissaient sur Ambroisine. C'était à Jean-Pierre, à Jean-Pierre seulement qu'elle voulait plaire.

Lorsque le *Surcouf* rentrait au port, la fillette était informée la première de ce retour. Elle s'échappait de la maison et courait à la rencontre du garçon. Avec le plaisir d'être ensemble, les jeunes enfants retrouvaient les jeux de l'adolescence. L'hiver très froid piquait les doigts, touchait les yeux et vivifiait la tendresse. Ils galopaient, se poursuivaient éperdument sur les hauts plateaux de la falaise, ils mangeaient en riant les marrons brûlants de M. Jamoli, ils s'émerveillaient aux mêmes étalages et croquaient à tour de rôle un sucre d'orge de leurs dents fraîches et pareilles. Leurs existences joyeuses, aux goûts d'enfance, tant ils étaient petits, s'assemblaient dans les plaisirs et les peines puériles avant de se joindre pour les grands événements de la vie.

A la nuit tombante, si Ambroisine, un peu alanguie et câline, appuyait sa tête sur la poitrine du fieu, elle trouvait seulement, dans cette douce et coite chaleur, la sensation d'être protégée au creux d'un nid douillet. Le souffle de la bouche du garçon s'arrêtait en baisers hardis et francs sur le front et les joues de la petite Ambroisine. Finies pour Jean-Pierre ces rages de gamin volontaire contre la fillette, et Ambroisine perdait le souvenir de ces attaques qui l'effarouchaient autrefois.

Ah ! qu'ils étaient heureux tous les deux ! Ils défiaient le froid, la neige, la pluie et le vent. Un ciel clair, un temps radieux, rien au monde ne pouvait diminuer ou augmenter un bonheur qui portait la félicité de deux aurores.

Cœurs purs, fronts sans rides, mémoires vierges, le ciel vous épargne jusqu'à l'amère mélancolie de comprendre tant de délices et de voir les jours finir !... Leur bonheur était si grand qu'il s'ignorait !...

Et, dans la marine bouleversée, leur affection naissante trouvait la fortifiante solitude. On ne s'occupait pas d'eux. Ce soin malicieux que prennent les gens d'épier et de contrarier deux trop jeunes amoureux étant oublié, la mère Rose et Catherine ignoraient les rendez-vous et les courses folles des enfants.

Marie Salette, qui toujours dévorée d'ambition pour son Baptiste, observait sans répit les Papin et les Malot, la première, remarqua les promenades de Jean-Pierre et d'Ambroisine. Elle devinait bien que l'amour, en tiers, partageait les entretiens. Le gaillard préparait encore de ces précoces fiançailles qui ne sont pas rares dans la marine. Ainsi cet imbécile de Jean-Pierre dédaignait la belle Catherine pour s'attacher à un Cadet Oui-Oui ! Bonne affaire ! le plus dangereux rival de son fils s'écartait. La route déblayée attirerait le timide et rendrait la fière plus accueillante.

En vérité, cette Marie Salette rencontrait toutes les chances. Bien sûr, elle avait su gérer son adresse. Le bon Dieu dit : « Aide et j'aiderai. » Elle ne se plaignait ni de Lui, ni d'elle.

Il vivrait vieux, son Baptiste ! Elle l'avait sauvé de la mer et aussi de la faim. Son employé, sûr de sa paye, pouvait s'apitoyer sans danger sur tous ces pauvres marins débarqués.

Le garçon, souffrant d'un mauvais rhume attrapé au début de l'hiver, restait assez souvent accouveté à la maison pour entendre Marie Salette vanter le bien-être de Baptiste Salette.

Il finirait par croire sa mère !

XIV

Marie Salette borda son fils, elle disposa sur la table près de lui une tasse et un pot de tisane. Ensuite, elle l'embrassa.

— Là, mon bellot, murmura-t-elle d'une voix adoucie, à cette heure, je m'occuperai de tes affaires.

Elle était radieuse.

Lorsqu'il fut seul, Baptiste ouvrit les yeux et poussa un soupir de satisfaction. Sans la mère qui l'épiait, il pensait plus à l'aise.

Il était alité depuis le commencement de décembre. Ses jambes affaiblies ne le traînaient plus. Il toussait beaucoup et il sentait sans cesse dans sa bouche un mauvais goût d'encre qui lui ôtait l'appétit. Ses yeux brillaient vers le soir et il était moins indifférent et moins affaissé qu'aux jours où sa santé était meilleure. Il désirait enfin quelque chose !... Il voulait vivre et guérir. Son caractère se modifiait; il s'emportait contre la maladie, il combattait les idées tristes qui l'assaillaient, il songeait même à l'avenir. Cette force venait bien tard pour agir, et ses pauvres doigts débiles s'activaient peut-être vainement vers ce qu'ils ne saisiraient plus.

Des camarades venaient le voir, il les accueillait avec un lumineux sourire. Les visiteurs ne manquaient pas. Les marins languissaient attachés au port comme leurs bateaux désarmés et, devant ce malade, le malheur plus grand qu'ils prévoyaient leur faisait un instant oublier leurs peines.

L'employé écoutait leurs explications sur la grève, le syndicat, la pêche. Il restait en dehors de ces préoccupations, il répondait toujours « oui » à leurs doléances. Il obtenait ainsi la liberté de les regarder tout à son aise.

Ils étaient jeunes et forts. Il avait communié en même temps qu'eux. On ne mourait pas à cet âge, et Baptiste se persuadait que, bientôt, dimanches et fêtes, il courrait en compagnie de ces lurons.

— J'ai toujours été trop pensif, affirmait-il; à présent, je saurai mieux comprendre la vie.

Parfois, il lui semblait que des mains sèches aux griffes pointues labouraient sa poitrine, serraient son cou et l'étouffaient peu à peu. Le sommeil venait et l'endormait, précisant des songes merveilleux qu'il confondait avec la réalité.

Il rêvait santé et guérison. Il se promenait dans un jardin plein de roses aux grisants parfums. La mer était devant lui, il la piétinait, marchait à la cime des vagues qui, pour le mieux soutenir, se transformaient en dauphins.

Il était beau, puissant, fort, pareil à un dieu. Des filles jolies venaient à lui et l'admiraient. Il touchait leurs bras, leurs épaules et, au contact de ses paumes, leurs vêtements s'illuminaient. Ils resplendissaient, se couvraient de diamants et de paillettes. Les jeunes filles se transformaient, elles étaient de ces femmes splendides et inaccessibles que les matelots éblouis applaudissent au théâtre; Baptiste, très simplement, embrassait les joues roses de ces déesses.

Réveillé, Baptiste poursuivait les fantaisies de son imagination.

Certains jours, Baptiste, moins fiévreux et plus lucide, sentait davantage la main tenace qui l'étranglait.

Comment pourrait-il lutter contre la mort perfide et vivre encore, vivre toujours ? Ses yeux suppliants cherchaient le regard de sa mère. Le défendrait-elle avec assez d'énergie ?

Toujours vive et active, elle était sans inquiétude. Son Baptiste souffrait d'un chaud et froid attrapé le jour de la grande procession, et il guérissait tout doucement. La sérénité de Marie réconfortait le malade. Une mère qui voit son fieu en danger ne pleure-t-elle pas nuit et jour ?

Tout de même il aurait voulu être sûr de ne pas mourir.

Il commandait avec l'assentiment de Marie Salette des vêtements neufs, des souliers fins; il achetait des provisions de crayons, de papier. Il était plein de projets, il parla même de démissionner, de quitter le bureau. Il achèterait un commerce et ferait fortune. Mais alors, pour vous aider, une femme devient nécessaire. Ah ! c'était cela, Baptiste voulait se marier ! Une fiancée arracherait au sort le brevet de vieillesse d'un bon ami. Plus tard, quand ils seraient mariés, une femme jeune, saine, sans cesse près de lui, soulagerait sa fatigue et le guérirait. Un garçon sans femme ne s'épuise-t-il pas dans l'ennui ? Celle qui l'accepterait aujourd'hui se rirait trop grandement de la maladie pour ne pas lui rendre toute confiance. La vaillante qui écarterait cette terreur de la mort qui le visitait tous les soirs, à l'heure du crépuscule, il la bénirait !

Baptiste annonça solennellement à sa mère qu'il suivrait ses conseils, il désirait se marier.

— Ah ! tu y viens ! s'écria Marie Salette.

Elle sauta de joie et se précipita sur son fils pour l'embrasser.

Marie ne connaissait même pas le pauvre Baptiste jaune, le malade au visage défait qu'elle soignait. Depuis des années, sa tête et sa volonté suivaient un Baptiste, créé par son cerveau qui ne ressemblait pas au Baptiste que son corps avait fait. Elle le voyait robuste, vaillant, et il allait se marier... Ah ! c'était un bon fils, un caractère de fortune, il réussirait. Elle le marierait. Vite, une femme pour Baptiste ! La meilleure de la marine serait heureuse de lui appartenir. Près de la belle Catherine, Baptiste n'aurait plus de rival. A présent, il s'agissait seulement de savoir s'y prendre; car, dans les bons mariages, n'est-ce pas, rien ne se décide sans parlage ?

Marie, sérieuse, réfléchie, quitta son garçon; elle traversa la ville, se dirigea du côté du Calvaire et bientôt elle frappa trois coups à la porte de la maison des Papin-Sauvage.

— Entrez ! cria une voix.

Catherine et Ambroisine cousaient à la clarté de la lampe, le père Papin fumait silencieusement une pipe et la mère, debout près du poêle, enfournait du charbon.

— Bonsoir, fit Marie en entrant; excusez-moi de vous déranger.

— Vous ne nous dérangez pas, répondit la mère Papin. Ambroisine, une chaise. Et Baptiste, il n'est pas pire, au moins ? interrogea tout de suite la mère Papin.

Marie Salette soupira, haussa les épaules, ses bras pendaient inertes le long de son corps, elle paraissait découragée.

— Que voulez-vous, fit-elle, il se lapide lui-même, il dit qu'il ne veut pas guérir. Avoir mis un seul garçon au monde et l'entendre sans cesse maudire la vie, quel malheur pour moi !

Marie Salette pleurait et Ambroisine, très attendrie, abandonnait son ouvrage sur ses genoux pour l'écouter. Catherine, dédaigneuse, fixa sa sœur, un sourire voltigea sur ses lèvres minces. Jamais l'aînée n'avait tant méprisé son Cadet Oui-Oui, tous les prétextes étaient bons pour l'humilier.

— Voyez-vous cet échortin, lança-t-elle, elle pense peut-être que ça vous soulage de renifler un coup !

Ambroisine rougit, elle eut un regard douloureux vers son aînée. Belle-Grâce, les yeux mauvais, la bouche crispée, à petits coups, frappait la table avec son dé. Ambroisine plia son ouvrage, elle préférait se réfugier dans sa chambre.

— Tu devrais la laisser, tu es toujours après, remarqua le père Papin avec bonhomie.

— De quoi je me mêle ! riposta insolemment la fille.

La belle Catherine, idole de sa mère et reine de la halle au poisson, ne supportait pas les observations d'un pêcheur vulgaire.

Les défauts de caractère d'une fille aussi capable ne choquaient pas Marie Salette. Toute la marine lui envierait une telle bru et Baptiste était si bon, il adoucirait sa femme.

— Prendrez-vous un peu de café ? demanda la mère Papin.

Marie Salette secoua la tête.

— Un verre de sucré, alors, continua la mère; j'ai de la prunelle, de l'angélique, cela vous remettra le cœur en place.

— Non, non, refusa Marie Salette, me régaler tandis que mon fieu souffre le martyre avec les idées qu'il a dans la tête, cela ne conviendrait pas.

La mère Papin se taisait. Il ne faut pas ôter des illusions toujours salutaires quand il s'agit de soigner un malade. Baptiste mourait les poumons usés.

Mais la belle Catherine soupira et suivit Marie Salette.

— C'est vrai ça, dit-elle, des fois on se fait du malheur en soi, au point de se rendre malade !

Catherine avait prononcé ces paroles sur un ton amer. Elle avait accompli ses vingt-cinq ans depuis quelques jours. Cet âge pesait à sa vanité.

Les danseurs le dimanche et les admirateurs dans la semaine ne lui manquaient pas; mais Jean-Pierre Malot, son préféré, négligeait de faire toutes les visites promises par sa mère Rose. Le Cadet Oui-Oui allait au bal et le jeune homme s'amusait à faire danser cette craie. La coquine ne s'avisait-elle pas de chercher des façons de demoiselle à marier ! Elle voulait pousser sa sœur dans le bataillon des vieilles filles. Chaque nouvelle année, Catherine devrait piquer une épingle dans la coiffe de sa sainte patronne. Cela pouvait durer longtemps, car les bons partis lui échappaient et les moindres, sans doute intimidés par ses nombreuses perfections, négligeaient de s'aventurer.

— Ah! ma bellotte! soupira Marie en prenant dans les siennes les mains de Catherine, ce n'est pas vous qui ririez de mon Baptiste!

— Moi? Je n'ai pas l'habitude de rire des gens, dit la fille, très sérieuse.

Marie Salette hésitait. Câline, elle caressait les doigts fuselés de Catherine, elle embrassa la belle fille et enfin, courageuse, elle dit :

— Mon Baptiste, il voudrait vous voir. Il a du chagrin, quelque chose comme une peine dans le cœur. Si vous veniez lui dire un petit bonjour, il serait à moitié guéri. Il ne parle que de vous. C'est toujours Catherine Papin par-ci, Catherine Papin par-là. L'ennui le tue. C'est un garçon pensif et un peu honteux.

Marie Salette fixait Catherine. La vaniteuse fille avait compris et elle rougit de plaisir. Baptiste Salette, un clerc, mourait d'amour pour elle. Assurément, l'existence du fieu ne valait pas cher, il avait le corps aussi malade que l'esprit, mais cela flatte toujours une coquette d'entendre dire d'un garçon qu'il se consume pour elle.

— Ah! continua Marie Salette, mon fils n'est pas un de ces évaltonnés qui prennent seulement tout le plaisir de la vie et, ensuite, ne se soucient de rien. Après cela je lui dis souvent : Tu vaux mieux que bien des fieux qui font plus d'embarras. » Sans être de ces plus riches, j'ai toujours travaillé et on ne se donne pas de mal sans amasser quelques sous. Baptiste a une bonne position dans ces bourgeois, il gagne davantage qu'un mauvais matelot, et puis il ne laissera pas une veuve et des enfants dans l'embarras, il vivra vieux. Dans une maison, quand l'homme s'en va le premier, c'est le bon Dieu qui part. Je connais trop le veuvage pour ne pas savoir ça!...

Le père Papin posa sa pipe, croisa ses bras.

— A cette heure, fit-il, on veut toujours rabaisser la marine. C'est plutôt pour la mer que contre qu'il faudrait lutter. J'ai été débarqué par l'armateur et je me fais vieux ici. Cependant, je sais ce que c'est que le gros temps. Une fois, quand j'étais mousse à bord de la *Marguerite-Marie*, j'ai pleuré de peur. On s'y fait. Une nuit, avec les camarades, nous nous étions attachés sur le pont pour ne pas être élingués. Il n'y avait plus de commandement, plus de gouvernail, plus rien. Les oreilles me sifflent encore par les rafales quand j'y pense. Après cela, on a aussi les abordages. En 1890, le 6 de novembre, un grand chalutier anglais est venu donner à l'arrière de la *Zabelle*, ils ne se sont seulement pas retournés, les sacrés « Engliches ». « Allons, mes enfants, a dit le patron, un Malfoy et un rude homme, je peux le dire, c'est à nous de se débrouiller! » Nous avons tiré de l'eau de la cale pendant un jour et deux nuits. Après cela, nous avons échoué à la côte sur un banc de sable. La *Zabelle*, elle était perdue et nous avons gagné la terre avec de l'eau jusqu'aux cheveux. On ouvrait ses nifflettes quand on pouvait. Les vagues en ont tout de même roulé trois. Que voulez-vous, c'est le sort qui choisit! Et me, voilà à cinquante-huit ans, plus fatigué de mes membres que dégoûté de la mer. Si les brouillards n'avaient pas raidi les joints, je serais aussi hardi qu'à vingt ans; pas vrai, grand'mère?

Une intention gaillarde plissait les yeux fins; il riait, tout réjoui en regardant sa femme.

La mère Papin, très digne, haussa les épaules.

— Ne l'écoutez pas, fit-elle, ce vieux fou. Il bave et il dit qu'il pleut.

Marie Salette se leva. Elle embrassa Catherine à pleines lèvres et sur les deux joues.

— Alors, supplia-t-elle encore, vous viendrez sûrement raisonner mon Baptiste?

— Sans faute, espérez-moi demain, promit Catherine.

La mère Papin accompagna Marie jusqu'à la porte.

— Adé et bon portage, fit-elle en regardant la matelote s'éloigner dans la nuit.

Elle rentra et s'installa près de sa fille.

— Quelle affaire! chuchota-t-elle à Catherine.

Le père s'endormait sur sa chaise et elle ne se souciait pas de l'éveiller pour l'entendre geindre son ennui.

— Cette Marie, poursuivit la vieille, elle a le cerveau qui se vide. Qu'est-ce qu'elle t'a raconté avec son garçon qui n'en a pas pour quinze jours. Il n'a plus ni sang ni graisse; on dirait un Christ! Est-ce qu'elle n'appelle pas ça peine d'amour. Il est poitrinaire, le pauvre fieu!

— Qu'est-ce que t'en sais? répondit sèchement Catherine.

— Mon Dieu! ne va pas te monter la tête sur un cadavre, s'écria la mère.

— La paix! interrompit Catherine. Tu nous le mettras sur le dos!

Elle désigna le père, qui ronflait.

Ambroisine, assise sur son lit, réfléchissait encore. Le sommeil la fuyait. Jamais elle n'avait si bien senti la dureté de sa sœur et de sa mère. Qu'avait-elle eu de bon des siens depuis l'enfance? N'avait-elle pas toujours travaillé autant qu'une grande fille pour les aider? Tandis que cette Catherine, une moqueuse, trônait à la halle, ramassait de la gloire et du profit, le Gadet Oui-Oui restait la domestique, le chien du logis!

La fillette se hissa à la lucarne de sa chambre. Devant la nuit étoilée et l'air libre du dehors, elle essuya ses yeux trempés de larmes. C'est que maintenant, pour elle, derrière la tristesse pointait toujours une espérance.

Reviendrait-il demain, son Jean-Pierre? Elle entendait déjà sa voix crier : « Bonjour, Ambroisine! »

— Bonjour, Jean-Pierre! répondait-elle.

Elle s'étendit sur son lit, ferma ses paupières et croisa ses mains sur sa poitrine.

Dans le noir ainsi, elle le voyait déjà. Elle l'avait rencontré près du pont Marguet et, comme c'était le printemps, il lui disait :

— Viens-tu à la Vallée chercher des magritelles?

Sous leurs pas, les magritelles naissaient sur le vert gazon; ils devenaient même deux larges magritelles aux purs pétales, aux cœurs jaunes comme le soleil.

Ambroisine, une bienheureuse dans son rêve, s'endormait.

XV

Vers le 10 décembre, de redoutables tempêtes d'équinoxe s'élevèrent sur la Manche.

Pendant deux jours, la mer concentra sa colère sous un ciel bas. Puis le vent du noroît souffla avec violence et la chevauchée des nuages précéda de quelques heures la révolte des flots.

La mer éparpillait vers le ciel gris des panaches d'écume, puis des trombes d'eau jaillissaient, elles retombaient, se précipitaient, pareilles à des avalanches. Chaque vague dressait une montagne et creusait un abîme. Pas une voile à l'horizon, et cependant, avant la rafale, que de bateaux avaient manqué l'abri paisible du port!

Les marins sans travail cessaient leurs lamentations, malgré la misère et l'ennui. Aux femmes soucieuses le courage de se plaindre du chômage manquait également. On est toujours content de n'avoir pas de viande à la mer par les gros temps! Un malheur est si vite arrivé.

La sirène jetait son cri strident et, assemblés dans le poste du capitaine du port, les pilotes attendaient le moment de se distinguer. Ils parlaient de naufrages et de sauvetages, d'adresse et de courage. Pour distraire la mer et lui enlever une proie, il faut la connaître.

Comme elles tremblaient les maisons du quartier marin juché sur la hauteur! Le vent s'engouffrait dans les portes, abattait les vitres, entraînait les tuiles. Des cheminées tombaient dans un grand fracas. Et souvent, la nuit, les enfants s'éveillaient en pleurant.

Mais, autour des cierges allumés sous l'image de la Notre-Dame qui bénit la mer, les femmes s'assemblaient pour prier.

Rose Malot pleurait et la nuit et le jour, le *Surcouf* n'était pas rentré au port depuis deux semaines! La mer prendrait donc le fils après le père. Ah! l'intrépide garçon, qui n'avait pas accepté le bonheur que lui offrait sa mère, une vie paisible, les gains de mareyeur et l'amour de Belle-Grâce!... Rose, le deuil dans l'âme, commençait les dernières prières, les grands pèlerinages qui fléchissent parfois le ciel dans les cas désespérés.

Mais la petite Ambroisine, le cœur tout plein de Jean-Pierre, fixait et défiait la mer. Sa pensée diligente suivait celui pour le salut duquel elle ne pouvait rien!

Rien? Et sa confiance et son âpre désir de le vouloir vivant, n'était-ce rien?

Ambroisine espérait; or, n'a-t-on pas connu des fieux qui se sont défendus en lions invincibles contre les mauvaises puissances parce qu'ils entendaient, au fond de leur âme, la bonne amie les appeler?

Jean-Pierre était fort et vaillant, il se défendrait; elle avait tant d'ardeur à la vie. La mer était maligne, elle ne détruirait pas dans sa fleur toute la bonne graine des marins de la marine qui naîtraient de leurs amours.

Les flots menaçaient et Ambroisine leur souriait. Les jours succédant aux jours n'allongeaient qu'une absence de Jean-Pierre. Comme elle sait braver le malheur, la petite qui n'a jamais eu de morts à pleurer! Sans cesse le Cadet Oui-Oui, attiré par des projets d'avenir, oubliait le danger.

Il lui avait promis le mariage, c'était son bon ami. Il tiendrait son serment. Lorsque le vent gémissait sur les hommes perdus en mer, Ambroisine, obstinément, et avec ferveur, songeait à la noce, au repas, à la danse. Et, une fois unis, le soir ensemble, ils entreraient dans le même logis.

Dans combien d'années ce bonheur deviendrait-il possible? Ambroisine comptait. D'abord, Jean-Pierre irait au service. Pendant ce temps, elle assemblerait le trousseau. Le mobilier, ils l'achèteraient ensemble. Elle voulait une belle pendule et un fauteuil dans la chambre. La cuisine aurait un grand fourneau en tôle. Les « dorures », boucles d'oreilles, chaîne et broche de cou, Jean-Pierre les lui offrirait, selon l'usage.

Ambroisine, toute à ses projets, vivait comme dans un rêve.

— Hé! mon Cadet Oui-Oui, criait la belle Catherine à la jeune sœur absorbée, es-tu engourdie? Une parole de ta bouche devient aussi rare qu'un beau jour. Ton bon ami serait-il en perdition?

Cette fois, heureuse de sa plaisanterie, Catherine éclata de rire. Un bon ami au Cadet Oui-Oui!

La tempête grondait et tous les Papin, réfugiés au logis, attendaient la fin de la tourmente. Le père fumait sa pipe et les femmes cousaient. Les bateaux ne revenaient plus, la halle au poisson et le marché à la criée étaient vides. La belle Catherine dédaignait la maigre broutille que des pêcheurs côtiers prenaient entre deux éclaircies. Elle préférait rester à la maison et, comme ses doigts agiles excellaient aux fins travaux de couture, elle nouait les effilés d'un châle de soie rose, une des meilleures pièces de son armoire.

— Tu m'entends? ton bon ami, répéta Catherine enjouée.

Cette Catherine qui ricanait, c'était trop, à la fin, et la colère de la petite déborda.

— Va voir ton Baptiste, répondit-elle sèchement, ton bon ami, à toi, il est fiancé avec la mort!

— Mon Baptiste! répliqua la belle fille avec calme. Tu lapides un malheureux qui a peu de temps à vivre! Cela ne te portera pas bonheur.

Ambroisine baissa la tête. Elle acceptait, toute confuse, le juste reproche.

Hélas! en dépit des soins de sa mère et de l'amabilité de la belle Catherine, souvent à son chevet, le pauvre Baptiste dépérissait. Ce grand vent de tempête le rejoignait dans le lit chaud où il grelottait nuit et jour.

Ses désirs de mariage, de guérison, il les abandonnait à Marie Salette qui, incorrigible, se tenait ferme à l'espoir malgré les avertissements du médecin.

Toujours active, elle allait et venait autour de Baptiste. Elle bavardait et se réjouissait quotidiennement de l'avoir à l'abri, près d'elle, tandis que la tempête soufflait.

— Je suis fin contente, expliquait-elle, je n'ai pas de fieu à la mer. Ce matin, j'ai encore rencontré Rose Malot qui s'en allait à Jésus flagellé : elle ne croit pas prier pour un défunt! Le *Surcouf* est perdu. Le 10 au matin, la *Madeleine* l'a vu au large du feu flottant Dick. Il était désemparé, il a dû couler à pic. Rose ne sait rien, c'est une nouvelle qu'elle apprendra assez tôt, mais elle se désole comme si elle sentait le malheur. Vois-tu, mon Baptiste, une mère, elle trouve dans son cœur quelque chose qui l'avertit quand son fieu est en danger.

Baptiste leva les yeux sur sa mère, elle riait; cependant, il était bien malade et en grand péril, tout comme Jean-Pierre.

— Tiens, bois une tutée.

Elle tendait un bol de lait au malade. Il écarta la tasse et secoua la tête.

Ainsi, Jean-Pierre Malot ne reviendrait plus jamais! Son corps, nourriture à requins, ne pourrirait pas tranquillement dans un coin de paisible cimetière. Bah! mourir dans un lit ou mourir à la mer, c'était toujours mourir, pensait Baptiste. Riches et pauvres, marins et terriens, vieux et jeunes étaient tous et toujours de la graine de mort.

— T'as peut-être eu tort de ne pas me laisser suivre le métier de mon père, murmura le garçon. A mon idée, j'aurais du goût au cabotage.

— Parle, un peu, s'écria Marie indignée, subir les arventées, toi qui n'es pas fort! Si tu veux un commerce par ennui des écritures, tu l'auras avec Catherine.

— La mer m'aurait rendu fort, soupira Baptiste. Maman, je m'en vais.

La voix du malade suppliait. Il fixait sa mère et, sur son visage, montrait une expression de grande terreur.

— Je m'en vais! je m'en vais! répétait-il.

Marie Salette posa la tasse de lait sur la table. Elle écarta les cheveux collés sur le front fiévreux de son enfant. Elle s'appuya au lit pour ne pas tomber. Cette voix rauque, ce regard d'effroi, lui remuaient les entrailles. C'était comme une main cruelle qui plongeait dans son ventre, remontait et allumait un feu dévorant dans sa poitrine; ensuite, elle versait goutte à goutte une eau glacée dans ses veines. Une sueur froide et pareille à celle de l'agonie inonda tout le corps de Marie Salette, ses jambes se dérobaient sous elle car, pour la première fois, la mère voyait devant elle celui qui, pour tout le monde, s'appelait Baptiste Salette.

Ils ne se ressemblaient guère, le fieu mourant et le garçon dirigé, commandé, marié même par l'ambitieuse matelote. Ça, son fils? Jamais! Ah! déjà elle n'avait plus d'enfant. Non, elle ne croirait pas ses yeux, ils la trompaient.

Energique, farouche, elle se redressa, elle défendrait jusqu'au bout l'illusion que ce mourant voulait détruire.

— T'en aller, toi, où ça? A la mer, peut-être? Un jour, tu me remercieras. Je t'ai sauvé la vie.

Baptiste tourna la tête vers le mur pour dormir. Le sommeil lui-même le fuyait. Une impatience fébrile agitait ses mains pâles. Que ne venait-elle de suite, cette mort attendue, elle le délivrerait de ses regrets et de ses craintes!

Toute sa jeunesse indolente et soumise l'avait bien préparé pour une fin prématurée. Déjà las de toute rébellion contre le sort, il saluait la mort, prêt à lui obéir au premier appel.

Catherine Papin, condescendante aux désirs du malade, parlait d'avenir et de guérison; elle n'arrivait pas à lui faire détester la grande résignation dans laquelle il s'affaissait.

La belle marchande prenait au sérieux son rôle de consolatrice près d'un malheureux blessé par ses charmes.

Ce visage livide, ce regard éperdu qui la suppliaient parfois, touchaient au cœur. Cette grande misère d'un jeune homme mourant attaquait son égoïsme. Et puis, Catherine savait aussi soigner ses attitudes et guetter l'estime des gens. Sa bonté affichée ajoutait un mérite à sa valeur de fille belle et capable. Après cela, aurait-elle un mari de première qualité? Poisson ou garçon, la belle fille était décidée; elle ne voulait sur son étal et dans sa maison que le meilleur du meilleur, ou elle préférait rester vieille fille et parer comme une châsse de tous les sentiments délicats et de tous les regrets le souvenir de ce docile et doux mourant. Sa dureté se fondait sous la chaude et fiévreuse pitié qui l'attirait chez Marie Salette.

Les brumes favorables à la pêche du hareng se dégagèrent et la tempête cessa. Dernier repentir d'automne, le temps s'attiédit. Marie dut renoncer à l'atelier où elle ravaudait des filets. Débile comme un nouveau-né, Baptiste n'arrivait plus à soutenir sous ses lèvres la tasse remplie de la tisane qui humectait son pauvre gosier desséché.

— Laisse passer l'hiver, affirmait encore sa mère. Le printemps guérit tous les maux. Catherine t'attendra. A Pâques, on fêtera les fiançailles.

Marie Salette soignait le malade et sa confiance. Quand de tristes pressentiments l'agitaient et qu'elle songeait avec terreur à l'avenir de son fils, elle imaginait la douleur de toutes les pauvres femmes qui pleuraient dans la marine des hommes perdus en mer, et elle se trouvait heureuse d'avoir un malade à soigner.

La tempête avait détruit trois bateaux : le *Surcouf*, le *Pêcheur* et la *Marie-Rose*. L'équipage de la *Marie-Rose*, sauvé par un trois-mâts allemand, était rentré au port. Les neuf hommes embarqués à bord du *Pêcheur* ne reviendraient jamais, les naufragés laissaient six veuves et vingt-cinq orphelins. On était sans nouvelles des matelots du *Surcouf*. La *Madeleine* l'avait signalé récemment. Le commissaire de la marine avait reçu de Gravelines une dépêche lui annonçant le rejet à la côte d'épaves. L'armateur était parti pour reconnaître ces débris.

Rose Malot, folle de douleur, montrait le poing à la mer :

— Elle m'a tout pris!

Plus calme, grand-père Nicolas raisonnait.

— Moi aussi on m'a cru perdu, et je suis encore là. Un navire d'Amérique m'a recueilli une fois, et il m'a fallu du temps pour revenir. Raffermis-toi.

— Maudit métier de mer! criait Rose.

— On meurt bien dans son lit et tu te couches tous les soirs, gronda Nicolas. Tiens, le fieu à Marie Salette est moins vivant que ton garçon,

je me suis laissé dire ce soir qu'il est à la fin.
Rose couvrit sa coiffe d'un mouchoir de deuil.

— J'y vais, dit-elle.

Baptiste, le camarade de son fils, mourait. C'est si bon de pleurer quand on souffre; elle courait chez Marie Salette trouver des larmes pour ses yeux épuisés.

Dehors la nuit descendait sous un ciel clair; la lune brillante, les étoiles clignotantes et malicieuses, narguaient Rose. La femme, pleine de colère, menaçait le ciel, l'eau. La tentation de ce beau temps trompeur attire les garçons sur la mer aux brusques traîtrises.

Lorsque Rose pénétra dans la maison de Marie Salette, personne ne l'accueillit à la porte. Elle monta l'escalier et se trouva dans la chambre de Baptiste, elle heurta deux femmes agenouillées : Catherine et Ambroisine Papin levèrent la tête vers Rose et leurs sanglots redoublèrent.

Debout près du lit de son fils. Marie Salette se tenait droite. Son visage était sec, rigide, sans expression et pareil à celui d'une momie.

Baptiste, la main dans celle de sa mère, venait de mourir. La sueur de l'agonie mouillait encore son front blême et sa bouche, grande ouverte, exhalait la dernière tiédeur du corps sans vie.

— Voilà ! Voilà ! fit Marie à Rose qui s'approchait.

Elle désignait Baptiste et elle répéta encore :

— Voilà ! Voilà !

Dans cette douleur aride qui pétrifiait Marie près de ce lit, elle ressemblait au mort impassible étendu sur la couche.

La longue maladie qui rongeait peu à peu le garçon n'avait même pas prévenu la mère toujours pleine d'espérance.

La mort n'emportait pas que le fils malade soigné par Marie, elle enlevait aussi le garçon robuste qu'elle avait voulu voir depuis de longues années, celui qui avait porté les ambitions et soutenu l'énergie de la mère.

Ainsi il faudrait poursuivre cette existence désemparée ? Ah ! elle appelait la mort !

Cependant Marie Salette n'était pas une de celles qui s'abandonnent au chagrin avant d'avoir fait tout leur devoir. Il fallait parer le défunt avant les visites. Elle voulait laver et habiller son fils.

Rose et la petite Ambroisine pleuraient.

Baptiste, Jean-Pierre étaient deux amis. Pouvait-on voir l'un sans songer à l'autre ?

— Jean-Pierre en aura du chagrin de trouver là son pauvre camarade, murmura Ambroisine à l'oreille de Rose !

Catherine Papin suivit Marie Salette, qui se dirigeait vers l'armoire. Elle prit des mains de la mère le drap du linceuil, une chemise blanche et les meilleurs habits de Baptiste.

— Laissez, dit la mère, vous ne devez pas m'aider.

Catherine secoua la tête.

— Je ne suis pas une gamine !

Rose n'offrait pas même ses services. Elle priait pour Baptiste, pour Jean-Pierre, elle ne savait plus. Avec chaque invocation des litanies de la Vierge, le nom de son Jean-Pierre montait à ses lèvres. Ambroisine pâlissait. Tout de même, c'était donc vrai, les jeunes mouraient avant les vieux !

La belle Catherine apporta un bassin rempli d'eau diède; elle alluma deux bougies.

La mère découvrit Baptiste.

— C'est comme un Christ ! murmura-t-elle.

Elle avait honte devant la misère de son enfant.

Elle jeta ses deux bras autour du cou de l'amoureux (p. 30.)

Pieusement et en silence, Marie et Catherine lavèrent le visage, les mains, les pieds de Baptiste.

Elles l'étendirent tout habillé sur le lit blanc.

Il apparut très grand, avec, sur le front, la majestueuse beauté des morts.

Nettoyé des sueurs de l'agonie, purifié du désir, délivré de l'espoir, vainqueur du regret, propre, net et froid, il dormait. Il pesait lourdement sur la couche, il descendait dans la sérénité d'un indifférent bien-être.

— Il a l'air d'être heureux, murmura Catherine en se signant.

Deux heures passèrent. La paix du mort gagnait les femmes.

Tout finit, tout doit finir. Elles avaient cessé de prier et même de pleurer.

Marie Salette préparait la veillée des morts.

— Vous ne pouvez pas rester toute la nuit, dit la mère à Catherine et à Ambroisine.

— Je pleurerai avec toi, Marie ! s'écria Rose.

Elle se jeta au cou de Marie Salette, son chagrin réveillé s'épancha. De lourds sanglots secouaient sa poitrine.

Rose et Marie criaient si fort dans les bras l'une de l'autre qu'elles n'entendirent même pas la porte qui s'ouvrait et se refermait.

Un grand fieu était debout à l'entrée de la chambre mortuaire.

— Ben quoi ! maman, fit une grosse voix, me voilà !

Rose tressaillit, elle se tourna. Etait-ce une vision ? Son fils était debout devant elle. Elle joignit les mains. Sa gorge se serrait et étranglait les paroles de bénédiction.

Cette joie brusque l'étouffait.

Jean-Pierre embrassa sa mère que Marie Salette et Catherine durent secourir ensuite. Pendant ce temps, le Cadet Oui-Oui, serré dans les bras de Jean-Pierre, ressuscitait fin content.

Cette minute-là rachetait toutes les heures d'angoisses passées.

Ils se séparèrent, car Rose et la belle Catherine s'approchaient de Jean-Pierre. Elles oubliaient le mort pour admirer le vivant, et Marie Salette, debout entre Jean-Pierre et Baptiste, pleurait des larmes amères.

Jean-Pierre regardait autour de lui. Cet apparat, les bougies allumées et l'eau bénite sur la table de nuit? Il retira sa casquette, s'approcha du lit et embrassa Baptiste.

— Mon pauvre Baptiste, soupira-t-il, quel malheur!

Rose se pendait à son fils, il fallait l'arracher à ce spectacle! N'avait-on pas assez souffert? Il était temps de se réjouir.

Elle tenait Catherine d'une main et de l'autre caressait la tête de son enfant agenouillé.

— Ah! mon fieu, dit-elle, j'ai cru mourir! A présent, dis-moi que tu n'iras plus à la mer. Non, non, tu n'iras plus.

Ah! cette promesse qu'elle voulait tenir!

— Bien! bien! répondit évasivement Jean-Pierre, maman, en voilà une affaire!

Jean-Pierre se releva.

Marie Salette, debout près du mort, avait l'air farouche. Puisqu'ils étaient heureux, que faisaient-ils ici, tous ces étrangers?

Mais déjà Rose s'excusait : elle devait suivre son garçon, lui préparer à manger, écouter le récit du naufrage : elle reviendrait plus tard pour la veillée.

Ah! ce Jean-Pierre, rouge et bien portant, et ces gens qui outrageaient sa douleur, Marie Salette les maudissait!

Résolument elle leur montrait la porte.

— Partez! partez tous! ordonna-t-elle; je veux rester seule avec lui!

Ils pouvaient bien tout emporter, tout prendre, tout garder, ces Malot. A Jean-Pierre la bonne position et la belle Catherine! Son Baptiste n'avait plus besoin de rien.

Un cercueil, quelques mètres de terre bénite et les larmes de sa mère lui suffiraient désormais.

XVI

— Allons ce soir à la foire ensemble, demandait Jean-Pierre à Ambroisine; on n'a pas eu le temps de se voir encore! En redescendant de la haute ville, je vous raconterai tout!

La petite secouait la tête, pinçait les lèvres, elle refusait l'invitation de son amoureux. Bien droite dans son haut corset, elle était debout près de la fontaine. Sa jupe, remontée et attachée dans son tablier de toile, découvrait ses pieds chaussés de patins et sa cotte rayée. Ses cheveux blonds lissés dépassaient le bord de sa coiffe immaculée. Le Cadet Oui-Oui était méconnaissable. Ambroisine prenait cet air grave qui sied aux dames de la marine. En vérité, la chatte rousse devenait une hermine. Emerveillé par tant de distinction, Jean-Pierre, timide et respectueux, tournait sa casquette, toussait, se dandinait. A la fin, honteux, il se jeta sur Ambroisine et appliqua sur sa joue longue et fine un baiser goulu.

— En voilà une affaire! s'écria Ambroisine en rajustant son bonnet. On pourrait nous voir, et tout ce qu'on dirait!

— On dirait que vous êtes ma petite bonne amie et après ça on ne se tromperait guère, fit Jean-Pierre toujours impétueux. Venez à la foire, ce soir?

— A la foire, moi, ce soir! riposta Ambroisine. Vous êtes fou, Jean-Pierre. Je ne sors plus jamais le soir, ma mère me le défend.

Tout d'abord, Jean-Pierre fut tenté de se réjouir de cette réserve décente, mais il dédaignait vite les belles manières qui le privaient du plaisir de promener sa blonde.

— Tiens, gronda-t-il, voilà une défense qui tombe juste pour me contrarier. Dans le temps, vous ne vous embarrassiez guère de ces bêtises-là.

— C'est possible, riposta Ambroisine, mais on change. Et puis, tenez, c'est assez bavardé, il fait froid ici. Adé, bon portage et à nous revoir!

D'une pichenette, Ambroisine secoua des grains de poussière arrêtés sur sa manche; elle se pencha et prit ses seaux.

— Une minute, supplia Jean-Pierre, vous n'êtes pas contente de me revoir? Cependant c'était un coup dur à supporter et j'ai bien failli rester dans le garde-manger des marsouins. Venez ce soir, ma bellotte. Nous irons au théâtre; ensuite, je régale, nous aurons des gaufres, des crottes à la noix, de la tarte, tout ce qui vous fera plaisir!

Le visage d'Ambroisine fuyait le regard de Jean-Pierre. C'était cela, il voulait lui en conter, il la traitait en fille de rien. Une entente entre un garçon et une fille, quand elle reste secrète, ne mène qu'à la tristesse et à l'abandon. Avant les fiançailles, ne faut-il pas le consentement des parents?

— Si vous voulez me parler, demandez l'entrée de la maison à ma mère, lança crûment Ambroisine. C'est comme ça qu'une jeune fille comme il faut doit faire!...

La joie de se revoir après le danger était trop forte aussi. Depuis deux jours la fille fuyait le garçon. Il y avait du feu dans les prunelles de Jean-Pierre et Ambroisine craignait de brûler son cœur à cette flamme trop ardente. Son bel amour ne devait pas être une trompeuse flambée allumée par des ravageurs de la mer pour mener un bateau en perdition, il serait la lueur ferme d'un phare, la douce lumière qui éclaire tous les instants de la vie.

Pourraient-ils le soir marcher toujours sans s'arrêter jamais.

Cependant elle le voulait assis près d'elle, le bon ami de son choix. Il tiendrait sa main dans la sienne et elle écouterait, au fond de la maison close, devant son père et sa mère, le récit des exploits de son héros, de son futur mari.

— Mon Ambroisine, suppliait Jean-Pierre, il faut avoir confiance en moi; sûr, j'irai demander l'entrée de la maison chez vous, un de ces jours.

Mais il fait si bon dehors et vous m'entendrez sans ennui. Au revoir! A ce soir! Je viendrai voir si vous avez changé d'idée.

Dix fois, vingt fois, cent fois peut-être, aux jeunes et aux vieux, aux hardis et aux timides, terriens et aux marins, Jean-Pierre l'avait contée, l'histoire de son naufrage.

On parlait de lui dans la ville. Jean-Pierre Malot avait eu le hasard et le courage pour lui.

Et ce récit habituait le jeune matelot au souvenir d'un danger qu'il ne redoutait plus. Cette terreur du péril de mer qu'il éprouvait autrefois s'anéantissait pour lui dans un juste sentiment d'orgueil. Il avait dompté la mer!

Ah! le bateau désemparé qui roule et boule sur les flots! Tous ces monstres qui se soulèvent et se précipitent sur le pont, avec des gueules de gouffre ouvertes, cela s'appelle la mer? Non, c'est impossible. Il n'y a plus ni mer, ni ciel, ni Dieu, ni enfer. L'univers est un chaos. Et les plus vieux marins, épouvantés, deviennent de petits enfants devant le danger. Qu'il était nourrissant et paisible, le calme sein sur lequel ils ont dormi! Ah! Notre-Dame qui bénis la mer, puissante, mais femme aussi, protège-nous!

Longtemps, il se débat, le frêle bateau. De croupe en croupe, il chevauche. Les hommes renoncent à la manœuvre pour se cramponner à la coque plus résistante que les agrès, et le bateau lutte toujours. Ce n'est pas en vain que d'habiles charpentiers de navires ont creusé ce bout de bois. A cette matière, ils ont donné comme le noyau d'une âme et, par la volonté d'un capitaine énergique, cette âme obéissante a grandi: le bateau a une obscure conscience, un instinct de se conserver.

Hardi là!... Ohé! hisse! Une, deux! Il gémit! Léger, il s'abandonne; vaillant, il se reprend!

Que sait-on de l'avenir? Tant qu'il y a de la vie, il y a de l'espoir. La mer vous a des repentirs si soudains! Le grand vent de tempête cessera de tourbillonner autour d'elle, une belle brise la séduira et, toute bercée par cette caresse, elle s'apaisera.

C'est qu'elle aime encore les enfants qu'elle fait vivre! Mais trop souvent, hélas! ses regrets tardifs sont superflus. Les rochers sournois et les perfides brouillards achèveront leur œuvre. La mer se calmera en vain, les effets de sa colère passée demeureront.

La barque va à la dérive, la voile est arrachée, le gouvernail brisé; malgré la volonté de son cœur de bois, elle n'a plus assez de puissance pour éviter l'écueil éternel qui, toujours posté devant la côte, guette et attend. Le roc est là, et contre lui le bateau s'éventrera dans un effroyable craquement, dernier soupir de son agonie.

Alors, tous les compagnons de Jean-Pierre, soumis au destin, s'abandonnent à la lame pour souffrir moins longtemps. Déjà ils ne sentent plus rien; ce ne sont plus des hommes, ce sont des noyés. Mais Jean-Pierre, solidement cramponné à une épave, résiste. Le marin, soûl de froid et de terreur, se désespère; ses deux mains tenaces, inlassables, cherchent la vie. Vissées au plus haut mât, elles tiennent toujours; toujours et toujours elles écartent la mort.

Sur le bateau allemand qui le recueillit, le naufragé, ayant dormi un jour et une nuit, se réveilla. Longuement, attentivement, Jean-Pierre regarda ses mains. Ces deux servantes dévouées prenaient pour lui, le maître, l'importance d'esclaves affranchies. Elles avaient soutenu au-dessus d'un abîme son désir de vivre. Sans doute, moins bien aidés que lui, tous ses compagnons avaient péri; et le fils de mère Rose était revenu seul au port!

Cette mère remplie d'espoir se réjouissait secrètement de la perte du *Surcouf*. Le bateau maudit n'attirerait plus son garçon. Il se déshabituerait de la mer. N'avait-il pas failli mourir? Quelle leçon pour cet indocile! A présent, il s'agissait seulement de trouver une bonne position dans ces bourgeois pour lui. La place de défunt Baptiste était vacante, mère Rose pensait à ce poste avantageux. Mais ses idées, Rose les gardait en elle; lentement, elle amènerait Jean-Pierre à comprendre son intérêt. Pour obtenir le fin du meilleur, il faut savoir manœuvrer son adresse, et Rose regardait son fils avec des yeux au fond desquels couvaient des malices contenues.

A l'insu de sa mère, pendant ce temps, Jean-Pierre courait par la ville. Il cherchait un bateau et un nouvel engagement. Déjà!... Les fantaisies que lui suggérait sa mère pour le retenir à terre n'arrêtaient même plus son caprice. Jamais son sang jeune n'avait couru aussi hardi dans ses veines. Une glorieuse énergie éclatait dans tout son être plein de sève et au fond de son cœur se concentrait une puissante tendresse. Ses sentiments ne s'éparpillaient plus au vent léger des folies de jeunesse. Il devenait un homme! Il avait une volonté et un but.

Belletée et douceur n'attirent pas toujours. Celles qu'il voulait s'appelaient la mer et le Cadet Oui-Oui.

Le terrien accouveté dans les bureaux, l'ennui le ronge! Le marin choisit le danger, il aime la saveur forte d'une existence sans cesse disputée à la mort.

Jean-Pierre donnerait à la mer sa force de travailleur. A elle de contenter son goût de l'aventure et du péril. Il serait courageux et prudent. Il deviendrait un de ces maîtres-capitaines, rois du port.

Et toujours, au retour, il trouverait le baiser et l'amour d'une petite blonde sauvage.

— Je savais bien, moi, que vous reviendriez, avait-elle murmuré, en se pendant à son cou, dans le logis désolé de Marie Salette.

Comme ces paroles de foi aimante avaient su flatter l'amour-propre du fieu et rassurer sa vaillance! Elle était si bellotte, son Ambroisine, quand elle s'avançait pour l'embrasser.

Au bal, les garçons ne couraient pas derrière ses jupes pour la faire danser, mais Jean-Pierre avait-il besoin de l'aiguillon de la jalousie pour mesurer la profondeur de son amour?

L'amour simple et premier de deux enfants se suffit à lui-même. Il se passe de vanité, de caprice, de dispute et de toutes ces parades qui alimentent une passion dans les cœurs déjà fatigués.

Cette fillette voulait les fiançailles? Que ne ferait-il pas pour contenter son Ambroisine? Dès le lendemain, il ordonnerait à mère Rose d'ajuster son bonnet des dimanches et elle irait demander pour son fieu l'entrée de la maison des Papin. Et il ne s'agirait pas de courtiser l'aînée des filles, la belle Catherine, mais la cadette, la craie, le Cadet Oui-Oui.

Le soir, à la nuit tombante, Jean-Pierre se dirigea vers la falaise et, lorsque la fillette blonde entendit le doux sifflement qui l'appelait, elle oublia ses rigueurs du matin ensoleillé. Attendrie elle-même, elle n'avait plus le courage de laisser le bon ami languir dans l'attente. Elle le rejoignit en courant. L'air vif et froid la piquait au visage et, pour tenir chaud à sa bellotte, Jean-Pierre serrait étroitement sa taille.

— N'allons pas à la foire, supplia la petite; il fait si bon ici, tous les deux!

Silencieusement, ils marchèrent jusqu'au Calvaire. Ambroisine s'arrêta, se signa et dit une prière, par dévotion et par reconnaissance, sans doute; mais aussi elle voulait laisser un peu de temps à la calme nuit glacée qui éteindrait le feu des yeux trop luisants de Jean-Pierre.

— Restons là un petit moment, fit Ambroisine déjà assise au pied de la croix.

— Vous aurez froid, ma bellotte.

— Oh! non, Jean-Pierre, et c'est ici que j'entendrai tout ce que vous avez à me dire ce soir...

XVII

Ave, *Maria!* Doux Jésus!... Qu'il était adroit et fort, et vaillant, ce Jean-Pierre! Jamais la mer n'aurait raison de lui, il deviendrait un des sages de la marine comme son grand-père Nicolas, que tout le monde écoutait et respectait.

Il y a un Dieu pour les amoureux : la mère Papin n'entendit pas son Cadet Oui-Oui rentrer.

Ambroisine défit sa coiffe, ôta ses jupes, puis elle se glissa entre les draps. Le lit était froid, mais la fillette était toute chaude d'enthousiasme pour son Jean-Pierre et elle s'endormit en pensant à lui.

Pendant ce temps, paisiblement, le garçon retournait vers la ville. Il était tard, mais l'accueil souriant de mère Rose l'attendait. Le fieu, à terre, ne s'amusait pas trop au gré de la mère.

Près de la jetée, il s'arrêta pour regarder la mer. Sous le ciel étoilé, elle roulait et déroulait lentement ses flots de sombre velours. Qu'elle était belle et attirante, dans sa douceur!... Alors Jean-Pierre songea à son Ambroisine.

L'imprudente Rose avait si bien lié dans l'esprit du garçon le métier de mareyeur et un mariage avec la belle Catherine qu'il n'imaginait jamais l'une sans l'autre. Aussi son tenace attachement à la mer le jetait tout entier vers Ambroisine, et son amour lui vantait sans cesse la belle vie du marin.

D'un côté, c'était Catherine, la belle marchande, et une existence de grippe-sou, de tire-à-moi sous les ordres d'une femme qui commanderait un homme et sourirait aux clients; de l'autre côté, il voyait une fille rude à tous, mais tendre pour lui. Quand il regardait ses yeux verts, il pensait à la mer, et toujours la mer lui parlait des doux yeux d'Ambroisine. Il aimait la fille et il aimait la mer, cette mer qui enseigne le courage, la patience, la foi, l'espérance et toutes les grandes vertus qui soutiennent et fortifient l'âme humaine.

— Hé! Hé! Jean-Pierre! cria une voix.

Jean-Pierre marchait si absorbé dans ses pensées qu'il croisait grand-père Nicolas sans le reconnaître, dans cette nuit claire.

— Hé! Hé! reprit le vieux en arrêtant le garçon. Voilà! quand on revient de s'amuser, on est tout étombi et on ne voit pas grand-père!

Nicolas riait et il eut un large geste d'absolution.

— Bon! Bon! fit-il, ne t'excuse pas, moi aussi j'ai été comme ça dans mon temps.

Les yeux du vieux pétillaient, il était plein d'indulgence; en vérité, tout fier de son fieu, il ne trouvait en lui que de l'adresse et de la force. Certes, il lui ressemblait, celui-là! C'était un autre lui-même, tout jeune, qui le continuerait lorsqu'il serait mort.

A sa mort, Nicolas y croyait à peine; il fallait mourir, disait-on; du moins le vieux avait su prendre des précautions pour se survivre!

Défunt son grand-père, lui aussi, était un rude homme, assurerait-on plus tard, en vantant les qualités de Jean-Pierre.

— Ta mère, reprit le vieux, elle est déjà épinée à la maison, elle se demande si t'es reparti. Grand'mère, que je lui ai dit, ne t'agite pas, ton fieu, il ne trouvera pas de bateau avant la nouvelle année! Tu parles si elle a crié! Pauvre Rose!...

Les deux hommes, le vieux comme le jeune, sans pitié, riaient des transes de la mère.

On était bien ainsi pour deviser en marchant dans la solitude, et Nicolas accompagna Jean-Pierre.

Soucieux, le garçon baissait la tête, il soupira : un bateau, un bateau et embarquer, c'est facile à dire; trouverait-il seulement un engagement? Le nouvel outillage et les grands bateaux épargnaient la main-d'œuvre.

Le vieux devinait les secrètes préoccupations de Jean-Pierre!

— Va, lança-t-il sur un ton affirmatif, il trouve du travail, celui qui en cherche. Des marins, il en faudra toujours. J'ai navigué, navigueras-tu, et ma peau, la voilà : calfatée et goudronnée avec ce qu'il faut dessus et dessous; belle maison et ventre plein, et du meilleur; côte de bœuf à dimanche et tête de veau quand ça me dit. Je ne regrette pas d'avoir été marin et j'ai eu du mal à m'engager, des fois; j'ai toujours fini par trouver. Il est vrai que, de mon temps, on armait des bateaux à la part, tout était au marin; au retour, on partageait; quand la mer donnait, au moins on profitait. Je me suis laissé dire qu'en Bretagne c'est encore comme ça. Enfin, tout change de mode aujourd'hui!... J'ai bien été voir leur exposition de Paris. Quelle dégoûtation!... J'en ai regardé là, de leur bateaux à vapeur! Tout ça, c'est du coûtage et ça n'est pas sain comme le vent du ciel et le hasard de la chance, qui conduit à la fortune ceux que le bon Dieu choisit. On y reviendra, à la voile. Les armateurs se plaignent, ils ont débarqué des hommes, ils se lasseront vite aussi d'entretenir à rien de bons bateaux qui pourraient pêcher des sous. Vois-tu, mon fieu, les bateaux, c'est comme les hommes, ça s'use moins au travail que dans la paresse. Tiens! nous voilà arrivés! Allons! bonsoir et courage! Ça ne sert à rien de se désoler.

Un profond sommeil soulagea Jean-Pierre de son ennui; mais le lendemain, aussitôt le jour venu, il courut vers les quais en quête de nouveau. Tandis qu'il regardait avec curiosité un immense vapeur de pêche, Marvel l'armateur vint à lui.

— Voilà ce que nous aurons tous bientôt, il faudra s'associer, on ne sera plus maître chez soi, c'est le bateau à la part pour l'armateur! Mon pauvre *Surcouf*, tout de même! heureusement qu'il était assuré!

— Quel bateau! quel bateau, tout de même! s'extasiait Jean-Pierre.

— Veux-tu le visiter? demanda M. Marvel.

— Ça m'irait encore assez, répondit le marin.

M. Marvel appela le second du bord qui emmena Jean-Pierre. Le garçon examina le pont, les cales. Les machines et les filets immenses et leurs leviers puissants le stupéfièrent.

— Il faut voir ça en mouvement, fit le capitaine plein d'orgueil.

— Mais vos hommes ne tirent plus le filet et ne hissent pas la voile, s'étonna Jean-Pierre, alors ils sont autant dire comme des rentiers de yacht!

— Tu crois ça! Mes hommes sont tout de même occupés à bord. Ils apprennent à soigner le poisson comme le soignent les matelots hollandais et norvégiens. Ces malins d'étrangers ne laissent pas crever le poisson en vrac. Aussitôt pêché, ils le tuent. N'ayant pas souffert, il a plus fin goût et se conserve mieux. Notre hareng est lavé et soigneusement caqué à bord, avant d'être salé. Aussi, à Paris, il faut voir si notre marchandise est recherchée pour la vente; on le reconnaît, le poisson des grands bateaux.

Jean-Pierre admira la largeur du pont et les énormes cordages.

— Bien, promit le capitaine important et bavard, dans peu de temps tu verras les pères de ceux-là sur les grands navires de guerre. Le service à la flotte n'est pas si désagréable pour celui qui sait le prendre.

Le service!...

Jean-Pierre, immobile et silencieux, devenait pensif. Il faudrait donc bientôt, pour de longs mois, quitter le pays et la bonne amie!

C'est là la grande épreuve, qui guette les jeunes marins cependant habitués aux voyages. Il faut bien l'avouer, de cette aventure de mer, ils se réjouissent moins grandement que d'une bonne pêche.

— Allons, invita le patron, maintenant que t'as visité mon bord, je veux t'en souhaiter un pareil à commander pour plus tard, et, en attendant, je t'offre une bistouille au rhum; c'est ça qui fait défiler les idées tristes. Vois-tu, mon garçon, dans la vie, amer ou doux, il faut tout boire.

La réflexion creusait deux grands sillons dans le front d'enfant de Jean-Pierre. Ainsi il partirait à la flotte!

Le gros capitaine tendit au marin une tasse pleine. Ce liquide bouillant brûlait le palais avant de réconforter le corps, il grattait le gosier... et sucrait la langue.

Le jeune homme prit la tasse, bravement, à grandes gorgées il but et, quand il eut avalé la dernière goutte, il poussa un fort soupir et remercia le capitaine.

XVIII

Au gai Noël! Par un petit trou
Je vous vois bien, là, tous les deux
Manger de la tarte et du gâteau
Sans m'en donner un petit morceau!

Au gai Noël! Au gai Noël!
Tout petiot, petiot!
Lavez vos écuelles
Et léchez vos plats.

Si vos filles sont belles
On les mariera,
Si elles ne sont point belles
On les laissera là!
Le bon Dieu passera par là,
Et dira : «Que faites-vous là?
« — Je cueille des violettes
« Pour mes petites fillettes.
« Je joue du violon
« Pour mes petits garçons. »

Si vos filles sont belles
On les mariera,
Si elles ne sont point belles
On les laissera là!

Au gai Noël! Gai Noël!
Tout petiot, petiot!
Lavez vos écuelles
Et léchez vos plats.
Si vos filles sont belles
On les mariera,
Si elles ne sont point belles
On les laissera là!
Tra la la!

La belle Catherine écoutait la chanson du Gai Noël. Triste refrain quand on a ses vingt-cinq ans.

Belle-Grâce rejeta sur la table l'ouvrage déjà abandonné et courut à la glace.

Au fond du miroir, c'était bien toujours le même visage net qui regardait Catherine. Protégé par l'auvent de linge de la coiffe, il conservait intacte toute sa fraîcheur. Hélas! conserver n'est déjà plus avoir. Etre figée dans sa belletée comme un poisson dans la glace! Un visage de fillette est un peu plus radieux chaque matin.

Les enfants, à la porte, répétèrent les paroles menteuses :

Si vos filles sont belles
On les mariera!

Catherine retourna à la table, les braillards maudits attendraient longtemps le sourire et le cadeau de la belle fille. Au bout de longs bâtons, ils portaient des étoiles rouges et blanches. Au creux de la betterave et du navet vidés, une chandelle d'un sou luit, pareille au phare de la grande jetée. L'année précédente, les filles Papin avaient donné un craquelin chaud et une pièce de quatre sous; l'aîné de la bande se souvenait du cadeau. C'était de leur meilleure voix qu'ils criaient la chanson traditionnelle; sûrs de leurs droits, ils attendaient avec fermeté devant la porte close.

Il fallait insister, recommencer le refrain.

— Hardi, les fieux! A l'abordage! commanda le chef.

Si vos filles sont belles
On les mariera,
Si elles ne sont pas belles
On les laissera là!
Tra la la!

Les tra la la s'éternisaient et d'autres tra la la... répondirent, car devant ce seuil obstiné, des troupes de petits « Gai-Noël » s'amassaient.

C'était un vrai charivari!

Au gai Noël, gai Noël!
Tout petiot, petiot,
Lavez vos écuelles
Et léchez vos plats!

— Allons, tais-toi, fit une gamine effrontée en bousculant un tout petiot, petiot.

Sa lanterne s'éteignait et, aussitôt privé de l'amusante lumière, il sentait le froid piquer de ses aiguilles pointues ses oreilles, son nez, ses doigts. Il pleurait.

— Maman! Maman!

— Reconduis-le à ta maison, conseilla un sage au frère aîné du bellot.

Le gamin se taisait. Ah! non, il ne renoncerait pas à sa part de craquelin tout chaud.

Impatientés, les enfants commencèrent à taper dans la porte.

Si vos filles sont belles
On les mariera,
Si elles ne sont pas belles
On les laissera là!

C'était trop d'audace, à la fin, et la belle Catherine tremblait de colère. Ses deux mains croisées se crispaient sur sa poitrine. Que ne pouvait elle arracher avec ses poings toute la rage qui l'étouffait! Ah! elle souffrait! Elle souffrait!

Si vos filles sont belles
On les mariera!

La belle Catherine doutait d'elle-même!

Jean-Pierre Malot la dédaignait et il préféra t une autre fille. Et quelle fille? Pas même une fille... Il se contentait d'un Cadet Oui-Oui!

Ainsi son seul amoureux fidèle, le pauvre Baptiste, dormait dans le cimetière et, avertie par une voisine, la veille, Catherine avait guetté Jean-Pierre. C'était vrai, elle en était sûre, le garçon suivait cette craie rousse et plate comme une plie, le plus mollasse et le plus méprisé des poissons!

La belle fille n'avait pas échangé de promesses avec Jean-Pierre et, cependant, il lui semblait qu'en ce moment la cadette volait le bien de l'aînée. Elle n'aimait pas Jean-Pierre à en perdre l'esprit, mais elle ne le laisserait pas à l'autre. La déception était cruelle pour la belle marchande habituée aux hommages. Pour exciter le garçon, Ambroisine, l'effrontée, l'avait provoqué. Pouvait-on regarder un Cadet Oui-Oui lorsque sa sœur, encore libre, s'appelait Catherine?

Peut-être Jean-Pierre se moquait-il de cette pauvre craie. Déjà l'intelligente Catherine avait concilié le devoir et ses désirs. Elle voulait empêcher un malheur. Car si Jean-Pierre tournait la tête au Cadet Oui-Oui, ce ne pouvait être pour l'épouser. Elle devait, elle, l'aînée et la forte tête de la famille, éviter à sa sœur l'humiliation d'être trompée, trahie par ce coureur de Jean-Pierre. Plutôt la mort que le déshonneur dans la famille! Elle préviendrait le père et la mère. Au besoin, on éloignerait Ambroisine. Placée comme servante dans une ferme, chez des gens sévères, elle apprendrait à mieux se conduire.

Et même, si Jean-Pierre promettait le mariage, elle ne s'attendrirait pas, car alors ne faudrait-il pas défendre deux enfants contre le triste sort réservé aux ménages malheureux?

Jean-Pierre, conseillé par sa mère, viendrait à elle et, une fois leur union raisonnable décidée, Ambroisine, rappelée près des siens, se réjouirait du sort que choisissait pour elle la meilleure et la plus capable des sœurs. Elle vivrait près d'eux et deviendrait la seconde mère des enfants de Jean-Pierre Malot et de Catherine Papin!

Si vos filles sont belles
On les mariera,
Si elles ne sont pas belles
On les laissera là!...

Une potée d'eau glacée qu'elle jetterait sur tous ces criards les calmerait. Le sot refrain, qui exaspérait Catherine!...

Tout juste Ambroisine rentrait au logis avec les deux seaux pleins, elle avait écarté les enfants pour passer et, confiants dans sa promesse de leur apporter le Gai-Noël, ils se taisaient.

Les lèvres pincées, Catherine s'avança vers Ambroisine et la dévisagea. La petite était fraîche, rose, elle riait, elle quittait son Jean-Pierre, elle sentait encore sur ses joues les deux baisers du garçon.

— Te voilà enfin! Et d'où viens-tu? demanda aigrement l'aînée.

— Tiens, comme c'est malin à deviner : de la fontaine!

Catherine, menaçante, s'avança vers Ambroisine en criant :

— Folle! coureuse! menteuse! on t'en donnera des fontaines!

Ambroisine pâlit, les terribles yeux de sa sœur l'épouvantaient.

Dehors, les petits s'impatientèrent et ils reprirent :

Si vos filles sont belles,
On les mariera!...

Catherine arracha brutalement des mains de sa sœur l'anse du seau.

— Je m'en vais leur en donner un de Gai-Noël!

Elle courait à la fenêtre, qu'elle ouvrit.

Ambroisine s'élança derrière elle.

— Oh! Catherine, ne fais pas ça, supplia-t-elle; il fait trop froid, tu leur donneras la mort.

Ambroisine tenait la fenêtre; alors Catherine se jeta vers la porte et le Cadet Oui-Oui empoigna son aînée par la taille.

— Ne fais pas ça, ne fais pas ça, pleurait-elle, demain on te lapiderait dans la marine. Compte un peu! Je ne veux pas!

Catherine se tourna. Des yeux déments fixaient Ambroisine.

— Ah! tu ne veux pas! Tu ne veux pas! Tiens, alors, et va prier ton Jean-Pierre de te torcher, saleté!

Tout le contenu du seau lancé par Belle-Grâce s'abattit en douche d'eau glacée sur la tête, les épaules, le ventre d'Ambroisine. La petite s'affaissa, ses jambes tremblaient, elle joignit les mains.

— Oh! Catherine! c'est lâche! Si la mère était là, tu n'oserais pas.

La crête du bonnet d'Ambroisine abattue cachait son visage; son corps de fille très jeune apparaissait tout grêle sous les vêtements flasques.

— T'es encore bellotte comme ça, fit méchamment la belle Catherine : un vrai macchabée, un noyé de quinze jours! Va voir s'il ne te renie pas, ton Jean-Pierre!

— C'est bon, répondit sèchement la cadette, puisque c'est ta volonté, on y va!

Ambroisine tordit sa jupe, défit son bonnet et, frissonnante, elle prit dans l'armoire le craquelin et la pièce de quatre sous qu'elle donna aux enfants, puis, sans adresser la parole à Catherine, elle monta dans sa chambre. Elle endossa des vêtements secs, et afin de ne pas braver la colère de Catherine, elle descendit tout doucement l'escalier et sortit de la maison par la petite porte du jardin.

Elle grelottait encore et, de temps en temps, une toux sèche secouait ses épaules, mais son pas résolu et son esprit lucide la menaient où elle devait aller, c'est-à-dire vers la demeure de Jean-Pierre Malot.

XIX

Ainsi les fins repas, et le plaisir, et la danse, ne réjouissaient plus Jean-Pierre! Avait-on jamais vu, la veille de Noël, un fieu s'asseoir devant une table bien servie avec un tel air de lassitude et de mauvaise volonté? Mère Rose, en regardant son fils, sentait les larmes picoter le bord de ses paupières. Parfois, la nuit, elle pleurait dans son lit. Jean-Pierre cherchait un nouvel engagement sur un bateau, elle le savait. Il ne songeait qu'à s'éloigner et elle ne pensait qu'à le retenir.

Etait-ce possible?

Ce Jean-Pierre calme qui suivait avec ténacité sa volonté, était-ce le même que le petit Jean-Pierre aux promptes colères et aux rapides soumissions!

Qui donc lui volait son fils? Ce n'est pas de lui-même qu'un bon garçon écarte sa mère des besoins de son corps et des soucis de son âme. Jean-Pierre dédaignait les conseils et même les sous de mère Rose! Il entendait garder sa liberté, ne plus obéir et il abandonnait ses façons de fils unique, de vrai gâté de Nénin. Attablé, il mangeait le nécessaire et refusait ce superflu qui attendrit au dessert et fait mieux apprécier la famille. Ces manières austères intimidaient la pauvre Rose, accouvetée dans le bien-être.

Devant le sévère Jean-Pierre, à peine osait-elle manger à sa faim. Cependant les encouragements de grand-père Nicolas ne lui manquaient pas et même, lorsqu'il était seul avec sa fille, le vieux riait volontiers de Jean-Pierre.

— Bon! bon! affirmait-il, ça lui passera, ces lubies de moine en pénitence. Ça le purge, de ne pas tant se nourrir. Un garçon qui ne travaille pas se perd, s'habitue à la paresse s'il se rondit avec de trop fortes nourritures.

— Travailler! Et pourquoi se détruire de misère quand on a de quoi, soupirait mère Rose; il y a de si bonnes positions tranquilles chez ces bourgeois, pour celui qui est instruit et sait profiter.

Alors Nicolas haussait les épaules et grondait.

Il désapprouvait ceux qui reniaient la mer; il regrettait le passé, le temps où les mères, bien contentes, n'allaitaient et n'élevaient que des petits mousses.

Et ce soir les craquelins dorés, le jambon rose, la salade de coquille, ne tentaient pas Jean-Pierre. Rose poussait les plats vers l'assiette de son fils.

— Mange toujours, tu ne sais pas qui te mangera.

Elle s'efforçait d'être gaie pour le tirer de son ennui. Jean-Pierre boudait son appétit, il quittait Ambroisine et il ne songeait qu'à elle. Était-ce sa maison, celle qu'elle n'habitait pas? Il n'avait plus de maison!...

Quand donc mère Rose, informée par les commères, questionnerait-elle son fieu? Après l'accord entre les parents et le mariage projeté, il attendrait avec patience le jour où l'âge étant venu et le service à la flotte terminé, il pourrait épouser son Cadet Oui-Oui.

Il comptait même sur l'affection de mère Rose pour soutenir la bonne amie pendant l'absence. Pauvre bellotte, elle n'était pas heureuse avec Catherine. Mère Rose apprendrait à connaître le caractère de cette méchante et comprendrait mieux la préférence de son fils.

Dans sa tête, Jean-Pierre arrangeait d'importants événements.

Il irait chercher Ambroisine, il l'amènerait à mère Rose et il dirait :

— Je l'aime.

Sa mère et sa bonne amie s'embrasseraient; après cela, dimanches et fêtes, Ambroisine viendrait dîner à la table de famille. Sa mère et sa fiancée lui écriraient lorsqu'il naviguerait à la flotte, elles glisseraient leurs lettres sous la même enveloppe.

Adresserait-il les réponses à la mère ou à la bonne amie ?

Grave décision à prendre qui arrêtait Jean-Pierre.

— Jean-Pierre, bois donc une bonne goutte dans ton café, c'est ça qui donne du cœur, fit Nicolas en tendant la bouteille de genièvre à son petit-fils. M'entends-tu, Jean-Pierre ?

Jean-Pierre secoua la tête, s'étira, se leva et, à pas lents, se dirigea vers la porte.

— Ta part de craquelin, je la donnerai donc aux enfants du Gai-Noël, insinua Rose; ils se régaleront.

Jean-Pierre haussa les épaules.

— Tu me prends pour un petit jeune, tu veux me faire envie! Tiens, en voilà justement qui frappent à la porte, ils ne chantent pas, ceux-là, c'est sans doute la nouvelle mode. Donne le craquelin, je vais leur porter moi-même.

— C'est ça, va leur ouvrir, fit Nicolas, je veux les voir, ces petits Gai-Noël. Ça me rappellera le bon temps; je voudrais bien, moi, qu'on me traite encore en petit jeune!

Tiré par Jean-Pierre, le battant de la porte s'ouvrit et, debout sur le seuil, devant le garçon ébloui, s'avança un vrai Gai-Noël de fortune, un Gai-Noël au-dessus de tous ses espoirs. Ambroisine, debout dans la nuit froide, tendait les bras vers Jean-Pierre.

Ambroisine, effarée, rougit sous les regards de mère Rose et de Nicolas, qui la fixaient, et leva les yeux sur Jean-Pierre : il souriait; alors la petite Ambroisine se jeta sur le cœur qui la réchaufferait.

— Oh! Jean-Pierre! Jean-Pierre! pleurait-elle; dans le temps j'endurais tout, mais j'ai changé et je ne peux plus. Catherine veut ma mort, elle m'a jeté un seau d'eau glacée et c'est à cause de vous qu'elle me déteste!

— Venez vous asseoir, ma bellotte.

Jean-Pierre conduisit Ambroisine à la table, il lui versa du café et lui tendit son craquelin doré. Ah! le vrai Gai-Noël du bon Dieu, quel beau Jésus à recueillir que cette petite blonde! Jean-Pierre riait, il tenait dans les siennes les mains de son Ambroisine.

— Mère Rose, stupéfaite, figée, terrifiée, se taisait et grand-père Nicolas, plus docile, baissait la tête.

Mère Rose avait tout deviné; ainsi, c'était cette craie, cette filasse rousse qui lui volait la confiance et l'amitié de son fils. Une fois déjà, elle était venue avertir son fils du retour du *Surcouf* et il avait couru vers ce bateau maudit. Maintenant elle s'installait ici sans en être priée. Ah! elle avait su manœuvrer!... C'était elle qui attachait son fils à la mer pour le mieux tenir, cette vilaine roussette ne saurait être que la femme d'un mauvais matelot. La colère soulevait Rose. Vite un balai et dehors l'ordure!

— Effrontée, canaille! fit-elle en se levant.

La main levée, elle s'avançait vers Ambroisine; mais Jean-Pierre, debout, arrêtait ce bras menaçant.

— C'est ma petite bonne amie, fit-il résolument. Elle est venue me demander secours, tu ne la toucheras pas.

Rose, les poings sur les hanches, bravait son fils bien-aimé.

— La toucher! la toucher! Alors qu'elle sorte, je ne veux point de ça chez moi!

— Bien, maman; alors tu ne veux pas d'elle ?

— Non, non, affirma durement Rose; elle te détourne de moi.

— C'est dit, alors, je te préviens : si elle part sans une bonne parole de toi, je m'en vais avec elle.

Jean-Pierre attendit une minute, puis deux, puis dix. Oh! ce lourd silence coupé des gros sanglots du Cadet Oui-Oui!

— Allons-nous-en! fit Jean-Pierre en entraînant Ambroisine.

La porte retomba sur les deux enfants.

Partis, ils étaient partis! Rose défaillante pleurait des larmes amères. Elle avait donc élevé un ingrat!

Indifférent, grand-père Nicolas toussa, cracha et alluma sa pipe. N'avait-il pas gagné son repos ? Tant pis pour les autres. Les enfants dormiraient sous les étoiles ou bien ils s'enfermeraient dans une chambre louée, il s'en moquait. Ça ne serait ni la première ni la dernière fois non plus que des jeunes gens rebutés par la famille, pour forcer un consentement, vivraient un peu tôt en ménage.

C'était curieux tout de même, cette roussette pâlotte ressemblait à sa défunte femme, à sa Louise. Mais celle-là était du meilleur sang des marins de la marine, elle appartenait à la race des fiancées, elle était de celles que l'on respecte d'abord et que l'on épouse ensuite.

Ah! c'est que les filles devenaient grandement hardies! Elle était venue chercher Jean-Pierre. Pauvre bellotte, tout de même, c'était gros comme une mouette, ça avait quinze ans à peine! Bientôt le garçon partirait au service et elle resterait peut-être toute seule devant le mépris de tous ces gens!

Nicolas jeta sa pipe.

— Hein! cria-t-il à sa fille, t'en as du regret, à présent, de ce que t'as fait ? Ne le savais-tu pas qu'ils partiraient ensemble ? Tu ne te rappelles plus de ce que tu as arrangé quand je t'ai refusé ton Malot ? Tiens, tu n'es pas encore assez vieille sans doute pour te souvenir de ta jeunesse. Tu m'as bien forcé à dire « oui », si je ne voulais pas d'un petit bâtard dans ma maison! Et, aujourd'hui, tu pousses au mal deux enfants. Des misères à la fille chez elle, des ennuis au garçon chez lui, ça n'a jamais dérangé personne, au contraire! Enfin, grand-père, il est encore là pour un coup... Et prie le bon Dieu que je les retrouve avant bêtise faite! Quinze ans à peine, pauvre bellotte!

Nicolas ajusta son cache-nez, boutonna sa veste. Il ne se lassait pas de gronder.

— Je ne vivrai donc jamais tranquille, maugréait-il. Sans moi, les Papin et toi, la mère Malot, vous seriez bientôt mis plus bas que terre dans la marine. On ne doit pas contrarier le penchant de deux innocents mis au monde pour se marier et s'aimer honnêtement... un peu plus tard!...

XX

Grand-père Nicolas connaissait la ville, ses cachettes et ses refuges. Avec méthode il commença ses recherches.

Il monta directement le raidillon conduisant à la haute ville et il fit le tour des remparts et des promenades. Il visita les bancs, regarda sous les portes et longea la route de Calais. Ensuite il descendit vers la mer. Les jetées et la digue étaient désertes. Entre les wagons qui attendaient des marchandises sur le quai du Commerce, Nicolas se promena. De temps en temps il s'arrêtait pour écouter. Des enfants parlent ensemble... il n'entendait rien..

Des nuages s'écartèrent; hors des brumes déchirées, la douce lumière des étoiles descendit sur la terre et sur l'eau. La Polaire, Aldébaran, Sirius, scintillaient. Le bruit de la mer haute frappait en cadence les parois du port, et les grands bras des vergues et des mâts se croisaient haut vers le firmament comme des bras en prière.

— C'est tout calme, pensa Nicolas, avec assez de brise pour porter la voile, un vrai temps de fortune pour la pêche à la traille, mais c'est un peu froid pour celle des amoureux. En été, au printemps, ils nichent partout. A présent, pêcher mon Jean-Pierre, ça sera moins facile.

Pêcher ! Pêcher !

Les jambes de Nicolas tremblaient sous lui et son vieux cœur sauta dans sa poitrine comme un poisson pris au plus dur des hameçons. Ça s'était vu déjà, des fieux et des filles qui avaient préféré la mort à la séparation. On avait trouvé dans le bassin leurs corps enlacés.

Nicolas chassa ces tristes pressentiments. Dieu merci ! Rendons grâces ! Jean-Pierre était un garçon courageux et jovial qui ne boudait guère la vie.

Tout de même, le vieux maudissait l'égoïsme qui, deux heures plus tôt, l'avait tenu le ventre au chaud et la pipe à la bouche. Il devait alors suivre les deux enfants, les abriter dans son logis de vieux garçon et les raisonner de suite. Où les retrouver, à présent ! Avant d'activer le scandale en cherchant peut-être deux coupables dans les hôtels de la ville, il marcherait encore dans la nuit, le vieux grand-père. Il irait, viendrait, tournerait, fouillerait tous les coins et recoins de la cité.

La rue de Boston était toute noire, celle du Fort-en-Bois silencieuse.

Grand-père Nicolas monta les degrés de la rue des Cent-Escaliers et il se dirigea du côté de la falaise.

Depuis bien des années, combien d'années, il ne se souvenait plus, grand-père n'avait pas vu une soirée étoilée lui sourire sur ce plateau élevé. De là, il dominait la mer, les bateaux, la ville, et aussi toute son existence de vieux loup de mer s'étendait bien droite devant lui. Il bénissait et saluait encore le métier, le premier de tous par la vaillance et l'adresse; mais, hélas ! sa jeune force qui commandait à la vague et aux hommes, qu'elle était loin déjà ! Il se rappelait des nuits de Noël parfois obscures dehors, mais obstinément claires au foyer familial dans lequel flambait et crépitait ce qui anime et réchauffe l'existence : la chaleur braisillante de l'affection d'une mère, d'une femme, d'une fille, d'un petit-fils.

Que c'était bon, le gai Noël de sa mère et ses baisers résonnants, et si douce l'amitié de sa Louise, et les mains légères d'une toute petite Rose sur ses épaules et sur son front !

Le vent de la nuit caressait le vieux visage

— *C'est ma petite bonne amie* (p. 44).

de Nicolas, en lui rafraîchissant la peau et la mémoire.

C'était fini, tout ça ! Sa vieillesse heureuse, respectée, pâlissait toute terne et flétrie au contact des brillants souvenirs d'autrefois. L'imprudent ! Un soir, pour secourir deux enfants, il secouait un moment la coite indifférence de son bien-être et déjà il souffrait ! Que c'était lourd et triste d'être vieux !

— Allons, pensa-t-il, tais-toi, ladadious, et tâche de bien faire pour ceux qui te suivent et recommencent la vie après toi.

Près de la Croix du Calvaire, au mur crénelé qui entourait la petite enceinte, Nicolas s'arrêta. On parlait de ce côté.

— Non, non ! j'ai trop honte, suppliait une voix claire; non, non, je ne vous suivrai pas... Laissez-moi, Jean-Pierre.

— Cependant nous ne passerons pas la nuit dehors, insinuait le garçon. On nous chasse de partout, tant pis, il arrivera ce qui arrivera. Je trouverai encore une chambre. Je t'aime tant, mon Ambroisine. Du mauvais temps, faisons le bon !...

Il serrait ses poignets et la petite cherchait à se dégager. Elle reconnaissait cette fougue qui avait jeté le garçon contre elle lors de leur première rencontre sur la falaise. Il l'avait tenue suspendue entre le ciel et l'eau au-dessus d'un abîme et, cette fois, au fond de quel précipice ne voulait-il pas la jeter ?

Devant ce maudit Cadet Oui-Oui qui résistait à sa volonté, dans les veines du garçon bouillonnait son sang aux promptes colères.

Ainsi leur tendre intimité, et leurs promesses, et tout leur amour consenti et espéré aboutissaient à cette pitoyable scène : un gamin révolté qui soumet par la force une fille confiante !

Non ! cela ne serait pas, et Ambroisine fixa hardiment Jean-Pierre. Il était trop habitué à l'ovale pur de la Notre-Dame qui bénit la mer. Ça ! mais ce n'était qu'une fille, après tout. Ah ! il écraserait cette craie rebelle...

— Hardi là, mes bellots, cria une voix rude.

Grand-père Nicolas prit Ambroisine par la main et écarta Jean-Pierre.

— Débauché !... fit-il avec mépris. Allons, suis-moi !

***

Ce fut chez lui que le vieux emmena les deux enfants et, lorsque, bien calé dans son vaste fauteuil, il les tint debout devant lui, alors, il parla. Ce fut à Jean-Pierre qu'il s'adressa :

— A présent, fit-il, expliquons-nous. Toi, un bon fieu, un marin d'attaque, tu pourrais mieux employer ton adresse. Quand tu auras désolé ses quinze ans, tu auras en même temps dépensé toute la confiance qu'un homme peut avoir dans sa femme quand elle est restée fille honnête et tu deviendras jaloux. Un marin jaloux ! T'en auras du plaisir ! Car, si j'ai bien compris, c'est marin et capitaine que tu veux être, et il te faut aussi ton Ambroisine pour femme plus tard.

— C'est ça même, s'écria Jean-Pierre heureux d'être compris.

— Alors, mon fieu, tu n'as qu'une chose à faire. Partir de suite à la flotte et devancer l'appel. Autrement tu traîneras pendant six mois sans engagement au port près de ta mère en colère et de ta bonne amie qui te tentera. Je vous vois déjà partis à la dérive !... Je te donnerai des sous et tu t'en iras cette nuit même à Lorient; demain matin, je verrai M. le commissaire de la marine et tout sera vite en règle. Ton Ambroisine t'aime, elle t'attendra. Demain, je la conduirai chez sa mère et, si tu écoutes mes conseils aujourd'hui, dans six mois mère Rose appellera ta fiancée « ma fille ». Je t'en réponds. C'est dit. Grand-père Nicolas n'a jamais manqué à sa parole.

Le regard droit de Nicolas fixait Jean-Pierre; il parlait ferme et il tendit au garçon sa main ouverte. C'était un loyal engagement d'homme à homme.

Jean-Pierre interrogeait son Ambroisine.

— Tu veux ? lui demanda-t-il.

Mais Ambroisine pleurait. C'est que de Brest on ne revenait pas aussitôt la quinzaine passée comme de la pêche au hareng ! Que de jours mornes elle passerait à l'attendre ! Cependant, c'est bien le sort réservé à toutes les fiancées de marin... Ah ! non, elle ne pouvait se résoudre à cette immédiate séparation ! Elle leva sur lui des yeux de soumission et de prière ! Elle consentait à tout pour le garder près d'elle.

— Oh ! Jean-Pierre, fit-elle, ne partez pas, tout ce que vous voudrez, je le veux. Commandez et le bien et le mal, je n'aurai pas d'autre volonté que la vôtre. Ne partez pas, Jean-Pierre !...

Les mains d'Ambroisine s'ouvraient comme pour un don, et Jean-Pierre la prit dans ses bras.

Cette bellotte si douce qui pleurait, comme il l'aimait ! Tout son désir de plaisir et son envie de braver sa mère se fondaient en délicate tendresse. Elle était à lui comme il était à elle, et pour toujours. Il ne l'entraînerait pas dans les rocailleux chemins de traverse tandis que la belle route, plane, droite, s'ouvrait devant eux. Ils la suivraient ensemble jusqu'au bout, jusqu'à la mort. Ils marcheraient en s'appuyant l'un sur l'autre et ils auraient pour soutiens et pour guides non seulement l'amour, mais encore les devoirs du mariage.

Jean-Pierre couvrait de larges baisers le visage de sa petite bonne amie, et grand-père Nicolas attendait avec impatience la décision d'un garçon honnête et bon.

— Ça vaut mieux comme grand-père dit, murmura-t-il. J'ai l'idée de la mer et de toi, ma bellotte, je ne serai fidèle à l'une qu'en étant fidèle à l'autre; ceux qui sont changeants ne savent pas plus ce qu'ils veulent dans l'amour que dans le métier. Nous voir tous les jours en ce moment, savoir où cela nous mènerait avec ton consentement ! Attendons au moins que l'âge pour toi soit venu.

Ambroisine rougit, baissa les yeux et, à son tour, grand-père Nicolas l'attira à lui.

— Allons ! allons ! soupira le vieux, embrasse-moi, petite, ça me rajeunira un coup. Vous vous direz au revoir de suite. Jean-Pierre t'écrira de Brest aussitôt arrivé. Et puis, si on te tourmente trop à la maison, tu viendras me servir. A mon âge, on préfère les soins d'une fille à ceux d'une servante.

Quel brave homme, ce grand-père Nicolas ! il pensait à tout.

XXI

Dans la campagne, le printemps renaît.

Déjà la chaleur du soleil tiédit les pluies qui pénètrent sous la terre et excitent les germes endormis. Les soirs radieux incendient le ciel au couchant, les matins purs et blancs sont comme les ailes de duvet qui couvent les graines attendries. Les racines cheminent, jettent les pousses dures qui percent le sol. Bientôt des rameaux s'élèvent et protègent les coucous, les pâquerettes tapies en boutons. La sève bout au creux des arbres et, à la cime des marrommiers, des peupliers, dans les buissons de sureau aux précoces feuillages, se gonflent les bourgeons. Encore une ondée et les nouveau-nés verts et drus éclateront à la lumière. Des insectes bourdonnent aussitôt et il flotte dans l'air un parfum frais et sapide d'écorce vive, de terre mouillée.

Sous un ciel lavé, d'un bleu si doux qu'il paraît gris, la mer, follement active, jette sur la côte ses marées de vive eau, et les hauts panaches d'écume qui crêtent ses vagues sont pareils à la houle blanche des pommiers et des aubépines qui fleuriront bientôt.

Toujours également enivrée du bonheur de renaître, la nature, chaque année, apporte, avec l'oubli du passé, une vie nouvelle.

Tous les printemps ont leurs fleurs, tous les étés leurs moissons, les automnes portent toujours des fruits. L'hiver vénérable laisse une telle postérité qu'il s'endort en paix. Il a assuré depuis longtemps l'éternelle jeunesse de la terre et de la mer.

Avec quelle terreur partirait la dernière année du monde, l'année sans moissons et sans fruits qui aurait, sous de trop vives ardeurs, consumé l'espoir des renouveaux!

Pour ressusciter la vie sur la terre stérile, quelles larmes salées en bouillonnements terribles la mer ne jetterait-elle pas sur l'étendue de la plaine et au creux des vallées? Elle embrasserait les montagnes, s'évaporerait, se hausserait pour mieux tenter le soleil.

Elle se consumerait d'ardeur contenue.

L'année sans printemps et la vieillesse privée d'enfants sont des châtiments grandement cruels pour la terre et les femmes.

Chaque jour accroupie sur la tombe de Baptiste, Marie Salette ne se lassait pas de pleurer. La mère ambitieuse, qui dirigeait si durement son garçon vivant, se fondait tout en tendresse pour l'enfant mort. Délivrée de tout souci d'avenir, du tracas de le vouloir triomphant, glorieux, le premier de tous, son âme, autrefois absorbée par des préoccupations pratiques, se gonflait d'amour dans la douleur. Il est lourd, l'amour qu'il faut porter seul à ceux, vivants ou morts, qui n'entendent plus!

Pour son défunt, Marie Salette choisit un vrai monument d'armateur ou de curé. Cependant l'entrepreneur devait attendre le tassement de la terre avant de l'élever. Le soin de gratter le sol, de parer la tombe absorba tout un hiver la pauvre Marie. Malgré la pluie, la neige ou le vent, courbée vers Baptiste, elle lui parlait. Ces noms doux que les mères assez assoties de leurs enfants pour les vouloir heureux même contre leur orgueil donnent à leurs bellots, elle les débitait sur la terre. Les gens racontaient que le cerveau de Marie se vidait et qu'elle devenait folle! Elle fuyait tout ce qui pouvait la distraire de son chagrin, elle ne vivait plus que pour son mort.

Quand elle apercevait dans la rue Rose Malot, la belle Catherine ou Ambroisine, de grands tremblements l'agitaient. Elle s'enfermait chez elle ou courait au cimetière.

Au mois d'avril, la vaste pierre, la colonne de marbre et l'ange qui veillait nuit et jour sur la sépulture de Baptiste, embellirent le cimetière. C'était un beau travail et toute la marine vint l'admirer. Un apaisement momentané calma l'esprit inquiet de Marie; trop vite de chagrin dissipa ce dernier plaisir de vanité.

Un matin de mai, à l'heure de sa visite quotidienne, Marie Salette trouva, agenouillée sur la tombe de Baptiste, son amie Rose Malot. Fatigue, désespoir, éveil d'ancienne amitié, Marie n'évita pas l'étreinte de sa camarade d'enfance. Les deux mères se jetèrent dans les bras l'une de l'autre en pleurant. Il n'était pas assez loin pour ne plus s'en souvenir, le temps où Marie Salette plaignait Rose Malot, mère d'un marin naviguant! A présent, au tour de Rose de gémir sur la pauvre Marie!

— Ah! fit Marie d'une voix rauque, regarde, cette fois, c'est la terre qui m'a tout pris!

— Va, fit Rose dolente, va! c'est qu'il était pour mourir; je n'ai pas plus de chance que toi, la mer ne m'a rien rendu! Il est là-bas, à Brest, mon Jean-Pierre, et il va partir à la guerre de Chine. Alors, je m'arrête sur le monument du tien qui est au paradis, je prie pour le mien qui est en péril. Ah! les mères à fieux, ça n'a que de la misère!...

— Il vit, ton fils, tu peux le revoir, répliqua Marie; après tout, mettre des enfants au monde, c'est semer encore et toujours de la graine de mort!...

— Ne dis pas ça, gémit Rose, à présent, je suis réduite. Tout ce qu'il veut Jean-Pierre, je le veux. Il est parti, il restera marin et sa bonne amie, un Cadet Oui-Oui, une craie, vient dans ma maison! Quand je pense qu'il pouvait faire la marée, être heureux! Ah! je ne m'en consolerai jamais!

Marie Salette hochait la tête, elle soupira et essuya ses joues inondées de larmes.

— Chacun plaint son mal, fit-elle avec douceur. Mon petit Baptiste, si je pouvais seulement te tenir là, une minute, près de moi, pour te dire que je t'aime! On s'agite et on laisse passer sans joie le jour présent pour préparer le bonheur des années qui ne viendront pas. La mort court plus vite après ceux qu'on veut lui cacher et le métier de mer en a fait vivre plus qu'il n'en a fait mourir!

Marie se taisait, son visage désolé se penchait vers la terre.

C'était vrai, peut-être, ce que disait Marie Salette. Bien haut, au-dessus des tombes, courait un vent gai qui arrivait du large. De ce côté, par là, il naviguait, Jean-Pierre, et pour Baptiste, l'employé, tout était fini. Non! non! la mer commettait trop de crimes, Rose la maudissait. Il était bien à elle, son garçon; elle l'avait fait, n'est-ce pas! et deux voleuses, la mer et Ambroisine, prenaient son cœur, son corps, sa bonne volonté!

— Tant qu'il y a de la vie, il y a du secours contre le malheur, reprit Marie. Tu n'es pas à plaindre, Rose, crois-moi. Ton fieu reviendra. Un jour, tu auras peut-être des petits-enfants à bercer sur ton giron, t'en feras toujours un moment ce que tu voudras, et ils auront longtemps à vivre derrière toi, ceux-là, tu ne les verras pas mourir ou désobéir !... Moi, je n'ai plus qu'à aller rejoindre mon Baptiste !

Comment Rose n'avait-elle pas songé à cela ?

Mais oui, en effet, quand il serait de retour du service, Jean-Pierre se marierait ! Elle élèverait à sa guise des petits-enfants ! Rose levait la tête vers le ciel pur. Il lui semblait déjà voir descendre de là-haut de petits anges...

Tous Malot... tous bellots !

D'un pas agile, le cœur déjà tourné vers l'espoir, elle descendit à la ville.

Marie Salette, un instant interrompue par Rose, reprit avec joie sa longue et profonde conversation avec le mort.

FIN

PROCHAIN OUVRAGE A PARAITRE :

LA CANTATRICE

par

Frédéric GERSTÆCHER

Le paquebot venant de Panama fit escale à Quayaquil dans l'Equateur afin d'y prendre les passagers pour Lima.

Parmi eux se trouvait un jeune homme de taille élancée, aux traits agréables portant toute sa barbe. Ses yeux noirs comme ses cheveux bouclés, son teint bruni par le soleil trahissait un enfant de ces pays. Ses allures étaient celles d'un homme fréquentant la bonne société, et son panama à larges bords, d'une finesse extraordinaire, révélait qu'il devait être favorisé par la fortune. Il ne portait point de bijoux, quoique on ne rencontre guère de Péruvien ou d'Equatorien sans grosse chaîne d'or étalée sur le gilet; il n'avait même pas d'épingle à sa cravate.

Aguila, ou don Raphaël, comme l'appelaient ses amis, examina ses co-passagers. C'étaient ou des étrangers, Anglais, Français, Allemands venus d'Europe avec la malle des Indes Occidentales, ou d'insignifiantes figures d'indigènes, dont il ne tenait guère à faire la connaissance. Une ravissante apparition attira seule, son attention. C'était une jeune fille d'environ vingt-deux ans, belle à souhait, avec sa tournure impeccable, ses cheveux et ses yeux noirs comme l'aile d'un corbeau, son profil grec, ses traits animés, ses regards pleins de feu.

Deux jours s'écoulèrent à bord sans que don Raphaël trouvât l'occasion de lui adresser la parole. La troisième matinée, il ne la vit pas sur le pont et redescendit dans l'espoir de la trouver au salon. Il se rendit d'abord à sa cabine pour y prendre un livre, et ne fut pas peu étonné de s'entendre interpeller dans le couloir :

— Senor !

Mlle Valière, debout sur sa porte, lui lançait en rougissant un peu, le plus charmant sourire:

— Excusez ma curiosité, senor, dit-elle dans le plus pur castillan, mais je n'ai pas encore pu deviner à quelle nationalité vous appartenez.

— Je suis Péruvien, répondit don Raphaël.

— Hem, reprit la senorita en hochant la tête; d'après tout ce que j'ai entendu dire des Péruviens et l'idée que je me suis faite de vous, vous ne cadrez nullement avec le portrait que j'ai conçu de ce peuple. A moins que vous n'ayiez été longtemps en voyage.

— C'est précisément mon cas. J'ai passé trois années en Europe et j'ai couru le monde trois autres années. Je viens de séjourner douze mois à Tahiti, la merveilleuse île du Pacifique.

— Et c'est de là que vous venez?

— En droite ligne. Permettez-moi, à mon tour une question, mademoiselle. Je ne vous l'adresserais pas, si je n'avais le réel désir de vous rendre quelque service au Pérou. Où descendrez-vous? A Lima?

— Je ne suis pas encore fixée. J'ai plusieurs plusieurs recommandations pour la capitale où je compte rester deux ou trois mois.

— Vous allez voir des amis?

— N'ayez point de crainte, interjeta la jeune dame qu'amusait l'envie du Péruvien de se procurer des précisions sur elle, nous nous reverrons à Lima. Est-ce que vous allez quelquefois au théâtre?

(A suivre.)

www.ingramcontent.com/pod-product-compliance
Ingram Content Group UK Ltd.
Pitfield, Milton Keynes, MK11 3LW, UK
UKHW021514260726
13993UKWH00004B/1657

9 782329 209074